ホーンテッド・キャンパス

夜を視《み》る、星を撒《ま》く

櫛木理宇

角川ホラー文庫
21865

CONTENTS

HAUNTED CAMPUS

八神森司《やがみ しんじ》
大学生（一浪）。超草食男子。霊が視えるが、特に対処はできない。こよみに片想い中。
灘こよみ《なだ こよみ》
大学生。美少女だが、常に眉間にしわが寄っている。霊に狙われやすい体質。
Characters introduction
イラスト／ヤマウチ シズ

HAUNTED CAMPUS
黒沼麟太郎
くろぬま　りんたろう
大学院生。オカ研部長。こよみの幼なじみ。オカルトについての知識は専門家並み。
三田村藍
みたむら　あい
元オカ研副部長。新社会人。身長170cm以上のスレンダーな美女。アネゴ肌で男前な性格。
黒沼泉水
くろぬま　いずみ
大学院生。身長190cmの精悍な偉丈夫。黒沼部長の分家筋の従弟。部長を「本家」と呼び、護る。

HAUNTED
CAMPUS
小山内陣《おさない じん》
歯学部に通う大学生。甘い顔立ちとモデルばりのスタイルを持つ。こよみの元同級生。
鈴木瑠依《すずき るい》
新入生。霊を視ることができる。ある一件を通じ、オカルト研究会の一員となる。

プロローグ

俗に〝体内時計〟という言葉がある。ごく自然に決まった時刻に起きられる、同じ時間に腹が減るなどというあれだ。

ここ最近の八神森司《やがみしんじ》は、体内時計ならぬ〝体内カレンダー〟を基準に生きていた。

彼の脳内にかかった白いカレンダーは、ある日付のみ大きな赤丸で囲われている。

森司はひたすらその日を目指して床を掃除し、カーテンを洗濯し、シンクをなるべく綺麗《きれい》に使い、新古品店で食器を見てまわり、レポートを早めに片付けて、聖人君子のごとく暮らしていた。

――こよみちゃんが、おれの部屋に来てくれる日だ。

手料理を食べに来ないか、と意を決して誘ったのが大学祭の一日目。長年の片想いの相手である灘《なだ》こよみがうなずいてくれたのも、同日のことである。

あの日はよき日だった。

空は晴れ、風は爽《さわ》やかで、空気が澄んで清々《すがすが》しかった。

そしてこよみちゃんは可愛かった。

いや、むろん彼女は三百六十五日二十四時間、毎分毎秒つねに愛らしい。しかし森司が目と記憶に焼きつけてきた〝歴代こよみちゃんショット〟の中でも、その日は屈指の可愛らしさだった。

頬は薔薇《ばら》いろに上気し、唇がほのかにひらき、目は潤み、眉間《みけん》に皺《しわ》は寄り、とにかく誘った森司のほうが、照れて数分黙りこむほどの美しさであった。

というわけでその日も、彼は来たるべき赤丸デイのため歩いていた。

向かう先は書店。目当ては料理の本である。

われながら「え、いまさらそこ？」と思う。思うのだが、ここへきて急に不安が襲ってきたのだ。

そういえばネットでレシピを検索こそすれど、ちゃんとした本は持っていなかった。調味料はほぼ目分量で、切りかたも盛りつけも適当だ。意中の美しき乙女を招待するからには、やはり基礎の基礎くらいは学んでおかねばなるまい。

——ま、ちょうどゼミも休講だしな。

森司は雪越《せつえつ》大学経済学部の三年生である。

三年の晩秋ともなれば、そろそろ卒論に向けて本格的に動きだす時期だ。しかし森司のゼミは、卒論プランの発表日程を決める時点で早くも難航していた。

噂によれば数人の学生が「その日はバイトで無理です」、「いや次の週はおれがバイトで」、「まだシフト決まってないんで、もうちょっと待ってください」などとごねているらしい。

呆《あき》れた教授が「学生の本分はバイトより勉学でしょう。とくにこれ、卒論だよ？　きみたち卒業できなくてもいいの？」と言っても、

「バイトを馘首《くび》になるわけにいかないんです！」

と異口同音の叫びが返ってくるため、教授ならびに大学職員は頭を抱えているらしい。その日程調整もあっての、やむない休講であった。


平日昼間の書店は空《す》いていた。

森司は新刊コーナーを通り過ぎ、コミックの棚を素通りし、まっすぐに料理本が並ぶ棚へ――向かったつもりだった。

しかしなぜか、気づけば『はじめてのデートマニュアルＢＯＯＫ』なる大判の本をひらいていた。とくに『自宅でデートを楽しむ10の方法』などというページを、ねっちり熟読しはじめていた。

――そうか、やっぱり自宅でも映画鑑賞が定番か。

おれもそうじゃないかと思ってたんだ。森司は内心で激しくうなずいた。

だがおれが勝手に借りておくのはよくないだろう。ここはネットで調べつつ二人で選び、動画配信レンタルを頼むのがスマートか。おれはクレカを持っていないゆえ、レンタル料金はケータイ決済でいくとしよう。いやしかし、こよみちゃんが隣にいるという

のに、画面ばかり観ているのももったいないか……。

――っていやいや、そうじゃなくて。

いかん、と森司は本を閉じた。

あやうく当初の目的を見失うところだった。そっちじゃなくて今日は料理料理、と本を戻し、棚を移動する。

はたして料理本コーナーは、壁際の棚ふたつを占領するほど広かった。

和洋中、野菜料理、肉料理とおおまかにジャンル分けされてはいる。それでも、一瞬まごつくほどの冊数であり種類である。

――とりあえずタイトルに『基礎』が入っている本。『はじめての』とか『基本の』といったワードが入っている本を。

背表紙を指でたどっていく。薄い本とぶ厚い本が並んでいるため、ひどく見づらい。

指をさらに横の棚へすべらせたとき――。

隣に立つ客と、手がわずかに触れた。

瞬間、森司は身をすくませた。触れた指さきに、びりっと電気が走ったのだ。痛みに思わず呻《うめ》く。青白い火花が散ったのではと思うほど、瞬間的で強烈な痛みだった。

「すみません」

相手が早口で謝った。

見れば、若い男である。目深にかぶった大きなキャスケットで、顔の上半分が影になっている。

「あ、いえ、こちらこそ」

森司も謝りかえした。しかし男は謝罪を最後まで聞かず、そそくさと立ち去ってしまった。

その背中をなんとはなしに眺め、森司は男と触れた手をさすった。

「静電気か。最近、乾燥してるもんなあ……」

――でも相手のほうが痛かっただろうな。気の毒に。

森司は気を取りなおし、『一から学ぶ、お料理練習帳』なる本を棚から抜きとった。


アパートへ戻る道すがら、目に映る木々は赤や黄に半分がた色を変えつつあった。

また冬が来るのか、といささかげんなりしつつ家路をたどる。

雪国の冬は長く重苦しい。ほぼ毎年「今年は暖冬」の予報を耳にするものの、積雪量が減っただけで、むしろ体感温度は年々下がっている気がする。乾いた空気を吸いこむと、鼻の奥がひりついて痛む。

「おう、お疲れ」

「お疲れさまです」

アパートの階段で、森司は行き合う先輩に頭を下げた。

大学周辺に建つアパートの住民は、当然ながら雪大生が八割で、院生が一割。残る一割は近場に就職したのをいいことに、そのまま居着いた卒業生である。いますれ違ったのも、確か今年の春に院生となった先輩だ。

鍵《かぎ》を開け、靴を三和土《たたき》で脱ぐ。愛用の帆布かばんを床に投げだす。

さて、と書店の袋を開けようとしたところで、携帯電話が鳴った。

ＬＩＮＥの着信音だ。

――まさか、こよみちゃん。

胸をときめかせて、森司は液晶を覗《のぞ》いた。

だが一秒後に襲ったのは激しい落胆だった。おまえかよ、と言いたい。空気読んでくれ、とも言いたい。それでも既読無視はせず、つい律儀にメッセージを返してしまう。

「なんだ、景山《かげやま》か」

「なんだとはなんだ」

送信者は、中学時代の元同級生であった。金持ちのぼんぼんで、ちゃっかり屋のトラブルメーカーである。

「たいした用じゃないなら、あとにしてくれ。おれ読まなきゃいけない本があって、忙しいんだよ」

と返す森司には取りあわず、景山がつづけてメッセージを寄越《よこ》す。

「なあ、両角巧《もろずみたくみ》が撮影に来るって聞いてるか？」

「両角？　知らん。誰だそれ」

「誰って両角巧だよ。番組があっただろ、『霊能者タクミ』」

表示された吹き出しに「ああ」と思わず森司はうなずいた。

テレビ番組の『霊能者タクミ』なら知っている。十年ほど前から、不定期に二時間特番で放映されていた心霊番組だ。主人公が〝小学生ながら霊能者として活躍する〟という突飛な設定が受け、子供の間で除霊ごっこが流行したせいで一時は社会問題ともなった。

「子役霊能者のタクミか、懐かしいな」

「馬鹿か八神。もうとっくに子役って歳じゃねえよ。えーと、いま十七か八だっけな。それより今回の撮影のために、雪大生からエキストラを募るらしいぜ。おまえも応募しろよ。ついでにサインもらってきてくれ、二枚な！」

「は？　なんで俺が。やだよ」

「ケチくせえこと言うな、おれとおまえの仲だろ？　じつはいま狙ってる子が両角巧のファンらしいんだ。な？　彼女のぶんとおれのぶん、二枚頼むよ」

景山が食いさがる。

森司は液晶画面にため息を落とした。

——そういやこいつ、前は事故物件にハマってたっけな。

つくづく悪趣味なやつだ。金持ちの道楽者はこれだから困る。

「おれとおまえの仲ってなんだよ。だいたいサインなんて、自分でエキストラに応募してもらってくりゃいいだろ。おれはいま、それどころじゃ——」

メッセージを打ちかえす途中で、着信音が鳴った。

液晶に画像が表示される。見知らぬ若い男の顔だ。

「見ろ、これがいまの巧だってよ。女にモテそうな顔してるよなあ」

景山の吹き出しが並ぶ。

しかし森司の目は、メッセージではなく添付の画像に注がれていた。

——この顔。

色白で端整な容貌《ようぼう》だ。いわゆる甘いルックスである。美少年ばかり集める某芸能事務所からデビューした新人、と言っても通りそうだった。だが、いま問題なのはそこではなく。

——こいつ、さっき書店で手がぶつかったやつだ。

あれが両角巧だったのか。

ということは、さっき感じた火花とあの痛みは。

磁力の反発にも似た衝撃だった。霊能者タクミ。〝視える〟体質の森司。つまり、同じ性質同士の——。

「静電気じゃなかった……、のか？」

携帯電話がしつこく着信音を鳴らしつづけている。

森司は啞然《あぜん》と、己の手を見おろした。

第一話　累《かさね》ヶ《が》淵《ふち》百貨店

HAUNTED CAMPUS

1

その日の雪大キャンパスは、朝から異様な熱気に包まれていた。

熱気のぬしは、八割が女子学生である。ある者は念入りに髪をセットし、ある者は丁寧にグロスを塗りなおし、ある者は姿見で全身をチェックし——と、とにかくルックスの確認に余念がない。

「ねえ、わたしファンデ浮いてない？」

「ネイル、この色じゃないほうがよかったかな」

「なんで早く言ってくれないの、って感じよね。せめて昨夜のうちに知ってれば、もっとお洒落《しゃれ》できたのに！」

嘆く女子学生たちを横目に見つつ、森司は学部棟を出て構内のローソンへ向かった。

彼女たちが浮き足立っている理由は、森司もよく知っている。景山から事前に知らされたし、今朝グループＬＩＮＥでメッセージがまわってきた。

『エキストラ募集！　あなたも〝霊能者タクミ〟と共演してみませんか？　心霊に興味があるかた、大歓迎。出演希望者は午後一時、雪越大学北門前にお集まりください』

景山の言うとおり、両角巧は女性人気がかなり高いらしい。日ごろ、芸能人のげの字も言わない女子でさえ、

「じつはわたし、小学生の頃、タクミの大ファンだったの……」

「あなたも？　じつはわたしも」

「初恋の人はタクミだったわ……」

などとささやき合い、頰を薄赤く染めていたりする。心なしか、周辺の空気まで甘くピンクがかって感じる。眺めているだけで胸焼けしそうだ。

――まあ、おれには関係ないけどな。

森司はそう胸中でつぶやき、カレーパンカレーパン、とつぶやきながらローソンに入った。

今日は朝からカレーパンの気分だったのだ。最近はノンフライのタイプも人気だが、森司の好みはやはり昔ながらのかりっと揚がったカレーパンである。衣は内頰に刺さるほど刺々《とげとげ》しく、具は中辛が好ましい。

「あれ、八神さん」

棚を曲がってきた学生が、森司に気づいて片手を上げた。

オカルト研究会の後輩である、鈴木瑠依《すずきるい》だった。

秋に入ってからというもの、鈴木のトレードマークと言えるモッズコートが復活している。その顔はあいかわらず、長い前髪と黒のキャップでほぼ見えない。

「おう、鈴木も昼飯か」

「パスタが全品五十円引きセールなもんで。こないなときしか、割高のコンビニパスタはよう食いませんから」

「なるほど」

大学生は、とかく金がない。苦学生の鈴木ならば尚更《なおさら》である。普段はバイト先の社割で買える惣菜《そうざい》パンで生きのびている彼が、セールのときくらい麺類《めんるい》に手が伸びるのは当然であった。

「八神さんもパスタですか」

「いやおれは、今日はカレーパンのきぶ……」

気分、と言いかけた声を、きゃあああ、と黄色い嬌声《きょうせい》がかき消した。

思わず森司と鈴木は、嬌声の源を目で探した。

店のガラス越しに、異様な一団が歩いてくるのが見えた。先頭の男は髭面《ひげづら》にサングラスと、あきらかに堅気の人間ではない。つづく男は、シャツをまくった肘《ひじ》から龍のタトゥーを覗《のぞ》かせている。さらにその後方にいる男は。

——両角巧だ。

女子学生たちの「きゃあああ」がいっそう高まりを増す。まさにアイドル顔負けの人気だ。いまにも失神者が出そうだ。

「〝霊能者タクミ〟ですか。そういやエキストラがどうこう言うてましたな」

鈴木が白けた声で言う。

「べつにひがんでませんが、そない騒ぐほどですかね。確かに整った顔してますけど、男前度やったらうちの泉水《いずみ》さんのほうがなんぼか上でしょう。泉水さんが霊能者としてデビューしたら、もっときゃーきゃー言われるんと違いますかね。いや、べつにひがんでませんが」

「まったくだ。ひがんでないが」

森司は深くうなずいた。

黒沼泉水《くろぬまいずみ》は彼らと同じくオカルト研究会のメンバーで、長身巨軀《きょく》の堂々たる美丈夫である。雪大オカ研で霊視ができるのは森司と鈴木、そして泉水の三人のみだ。

「ともかく女にモテるやつは敵だ。さっさと買って退散しよう」

「同感です」

意見が一致したところで、目当ての商品を持ってレジへ向かう。店員がバーコードを読みとりはじめる。

「きゃあああああっ！　タクミぃ！」

女子学生の声が空気をつん裂いた。

やけに声が近いと思いきや、ローソンの重い扉がひらいていた。

さっき見た異様な一団が、店内に入ってくる。ああ、撮影クルーも昼飯なのか――と森司が彼らを振り向いた途端。

両角巧と目が合った。

またもや静電気に似た火花が走った、ような気がした。

巧は森司から目を離さなかった。森司もそらせなかった。巧がなぜか、まっすぐ歩み寄ってくる。迷いない足どりだった。

一方森司は、財布をひらいたまま動けずにいた。呆気《あっけ》にとられる彼の腕を摑《つか》み、巧は顔を寄せてささやいた。

「探していました」

「は？　え……なに？」

「あなたを、探していたんです」

鼻先が触れるほどの至近距離で、アイドル系美少年が見つめてくる。

なるほど画像より美形だ、と森司は感じ入った。だがさいわい美形は見慣れている。

そしてもっとさいわいなことに、男には一ミリたりと興味がない。

森司は彼の手を腕からはずし、

「人違いじゃないですか？」と言った。

「べつに探される覚えは――」

しかし両角巧が次にささやいた言葉は、森司の動きを止めた。

「あなたも〝視える〟人ですよね？」

またも間近で目が合う。

巧の眼はおそろしいほど真剣だった。その双眸《そうぼう》に、森司は怯《おび》えを見てとった。怯えと焦燥と、痛いほどの懇願を。

「――スタッフを撒《ま》きます。二十分後に、もう一度会ってください。お願いします。なんでもしますから、是非ともお願いします」

巧は耳もとでそう言い、森司の手になにかを握らせると早足で離れていった。その背中が棚の陰に消える。同時に、スタッフらしき男の濁声《だみごえ》がする。

「なんだよ巧、なにしてたんだ？」

「すみません。ちょっとファンの子に捕まっちゃって」

「はあ？　んなの、テキトーに相手してりゃいいんだよ、まったく――」

森司は掌をひらいた。くちゃくちゃに丸められた紙だ。広げてみる。

両角巧の名刺であった。個人のものらしい携帯電話番号とメールアドレス、LINEのIDが刷られている。

思わず、鈴木と顔を見合わせた。

「……八神さん、顔が広いですなあ」

「いや、そんなんじゃないけど……」

森司は財布を持ちなおし、親指で外をさした。

「そんなんじゃないけど、さっさと買って部室に行こう。……どうも、おれだけじゃ処理できないなにかが降って湧いたっぽい」

2

「はじめまして、両角巧と申します」

巧は芸能人特有の強い目力で名乗った。深ぶかと頭を下げた彼に、

「知ってるよー」

とのどかな声を発したのは、黒沼麟太郎《くろぬまりんたろう》部長であった。

「『霊能者タクミ』シリーズは、ぼくも毎週観てた。はじまったのは、ぼくが中一か中二のときだったかな。巧くんが小学生で霊能者という設定のインパクトもさることながら、番組構成がしっかりしてて見ごたえがあったよね。最近は、地上波での放映がすくなくなって残念」

ところは部室棟の北端に位置する、オカルト研究会の部室である。

大学構内の最北端に建つ部室棟は、鬱蒼《うっそう》とした木々に囲まれてつねに薄暗い。いまは開けはなした窓から、晩秋の風が吹きこんでいる。

中央の長テーブルに置かれた山盛りの菓子盆といい、漂う芳醇《ほうじゅん》なコーヒーの香りといい、オカルトめいたあやしさにはほど遠い。ただ壁に貼られた魔術師アレイスタ・クロウリーのポスターと、超自然現象系の資料が並ぶ本棚だけが、かろうじて異端な空気を醸しだしていた。

「コーヒーをどうぞ」

部員の灘こよみがカップを差しだす。

「ありがとうございます」

通常の依頼者ならば、この場面でこよみの美しさにへどもどするところだ。しかし巧はタレントだけあって美少女を見慣れているのか、いとも自然にカップを受けとった。

森司はまたも鈴木と目を見交わす。

断じてひがんではいない。――いないのだが、やはりモテる男とは、あらゆる意味で相容《あい》れないようだ。

そんな彼らの心情をよそに、口をひらいたのは泉水であった。

「で、八神に頼みってのはなんだ？」

部長の斜め後ろでボディガード然と立つ彼は、黒沼部長の従弟《いとこ》でもある。百九十センチを超える長身は、そこにいるだけで相手をたじろがせる。

「八神が〝視える〟から頼んだと言うなら、おれが聞いたっていいがな」

無造作だが、威圧感のある口調だった。

両角巧の頬が、目に見えて引き締まる。彼は声を低めて言った。

「……先に言っておきますが、充分な謝礼はお支払いします。その中には口止め料も入っています。先にそれと承知した上で、ぼくの話を聞いていただきたい」

「どういうこと？」

訊《き》いたのは部長だった。巧はそれには答えず、

「口止め料があらかじめ入っている——その言葉でお察しください。書面にできる内容ではないので、く、口約束になりますが」

眼差《まなざ》しは変わらず強い。だが舌がもつれていた。

彼は咳《せき》ばらいして、

「あ、あなたがただって霊が視える云々《うんぬん》なんて、世間に面白おかしく触れまわられたくないでしょう。ぼくはタレントだから、かろうじて成り立っています。でもあなたがたは、学生だ。これからの学業や、就職にだって影響するはずです。葬式仏教以外の宗教を嫌う日本人にとって、心霊云々なんて噂はマイナスにしかなりません。だからぼくを脅そうなんて思わず、ここはですね、あくまでフィフティフィフティ——」

「落ちついて、巧くん」部長が手で制した。

「そんなに怖がらなくていい。ぼくらは、きみの秘密を言いふらしたりしない」

〝秘密〟の単語に、びくりと巧の肩が跳ねた。

部長がつづける。

「きみの言うとおり、ぼくらは一介の学生に過ぎない。全員、SNSすらやってない。社会的影響力と発信力はきみのほうがずっと上だ。恐れる必要はなにもない。だからもっと、リラックスしよう。ね？　いっそ壁に向かって話すような気持ちで、さらっと打ち明けていったらどうかな」

数秒、部長と巧の目が合う。

そらしたのは巧のほうだった。

「社会的影響力、か……」自嘲《じちょう》するようにつぶやく。

「ぼくにそんなもの、ありゃしません。多少あるとしたって、芸能人の端くれだからこそです。事務所の後ろ盾がなくなったら、一瞬で消える程度の……」

後半は独り言に近かった。

いったい両角巧はなにに怯えているのだろう。森司は内心で首をかしげた。

後ろ盾がなくなる云々と言うからには、なにかの不祥事らしい。恋愛スキャンダルか、それとも過去の軽犯罪か。だがそのどちらも、見ず知らずの大学生を頼ってくる局面とは思えない。

巧は大きなため息をつき、顔を上げた。

森司、泉水、鈴木を順に見やる。ふたたび顔を伏せ、両の掌で顔を覆う。

指の隙間から、絞りだすような吐息が洩《も》れた。

「──同じ境遇というか、体質をお持ちのかたが、目の前に三人もいるなんてはじめてだ。きっと誰かが、共感していただけると信じます。さきほども言ったように、謝礼は惜しみません。ですからどうか、そのままお聞きください」

顔を手で覆ったまま、巧は言った。

「じつは、ぼく──もう、霊視能力がないんです」

「えっ」

声を発してしまったのは森司だった。しまった、と慌てて口をつぐむ。

巧が顔を上げ、ほろ苦く笑った。

「そう、驚きですよね。──正確に言えば〝ほとんどない〟です。気配がわかるだけで、薄ぼんやりとしか視えなくなってしまった。なんとかごまかしてこられたのは、いままでに積んだ経験値のおかげです」

「視えなくなったのは、最近なの？」

部長が問う。巧は顔を上げて、

「数年かけて徐々に、です。テレビ局に見出《みいだ》されて『霊能者タクミ』シリーズがはじまったあたりが、能力のピークでした。でも十五歳を超えた頃から、すこしずつあやしくなってきて……いまや、ほぼ視えません」

「よかったな」

と言いはなったのは泉水だった。

「誤解するな。皮肉じゃなく本心だ。こんな能力はないほうが平穏だからな。視ずに暮らしていけるほうが、ずっと楽でずっと生きやすい。どうしても芸能界にしがみつきたいって人間なら、無念だろうが──」

泉水はそこで片目をすがめ、

「いまおれの目の前にいるのは、そういうタイプじゃないようだ」

と言った。

巧の肩が、目に見えてすとんと落ちた。張りつめていた表情が弛緩《しかん》する。一瞬後、彼は泣きだしそうに顔を歪《ゆが》めた。

「……ありがとう、ございます」

こぼれる声が、わずかに潤んだ。

「話が早くて、嬉《うれ》しい。やっぱり通じるものがあるんでしょうね。――そうなんです、ぼくはずっと、こんな仕事は辞めたかった。タレントなんて、好きでやってるわけじゃない。学校ではいじめられたし、中学は数えるほどしか出席できなかった。高校にいたっては、受験さえしなかった。おかげで、最終学歴は中卒ですよ。こんなふうじゃなくて、ぼくはもっと、普通に生きたかった……」

「辞められないわけがあるんだね」と部長。

巧は洟《はな》を啜《すす》ってうなずいた。

「事務所との、契約があるんです。八歳から満十八歳までの十年間、移籍しちゃいけない、芸名を変えちゃいけない、仕事を一方的に辞めちゃいけない……。破れば、億単位の違約金が待っています」

「ちなみに、巧くんはいまいくつ?」

「十七です。でも来月の三日で、満十八になります」

「あとすこしの辛抱ってわけだ」

「はい。ですからバレる前に、次の仕事で最後にしたくて……。家庭の事情があるので、ほんとうに辞められるかはわかりません。でもすくなくとも、専属契約はあと一箇月足らずで切れます。最低限、それまでは隠しとおさなきゃいけないんです」

「立ち入った質問ですまないけど、違約金は払えそうにないの？」

部長が尋ねる。

「きみは約十年間テレビの仕事をしてきて、冠番組まで持っていた売れっ子だ。ギャランティは、かなりもらってるイメージだけどな」

「それが……」

巧は唇を嚙《か》んだ。

「お恥ずかしい話ですが、いまぼくの家で働いているのは――というか収入があるのは、ぼくだけなんです」

言いながら、彼は耳まで赤くなった。

「父は九年前に会社を退職し、いまはぼくのマネージャーをしています。母はパートで働いたことさえありません。妹の花澄《かすみ》は十五歳ですが、ぼくのことでいじめを受けて、同じく学校に通えませんでした。おまけに父と事務所が、その……」

言いにくそうに口ごもってから、

「ぼくのネームバリューを使い、花澄をアイドルグループにねじ込んでデビューさせようとしたんです。でも失敗して、妹はよけい殻に閉じこもるように……。いまは抗鬱《こううつ》剤を処方してもらっています。一時期は『死にたい、死にたい』ばかり言っていました。いまも隙あらば自傷しようとするので、目が離せなくて」

とうなだれた。部長が顎《あご》を撫《な》でる。

「なるほど。失礼な言いかたをすれば、一家全員が巧くんの稼ぎにぶら下がってるってわけだ」

「失礼じゃありません。ほんとうのことです」

巧はしょげかえっていた。

「能力が衰えてきたとわかったとき、父に隠れて、こっそりメインバンクの通帳を見たんです。その時点で八年は働いていたから、一億くらいあるんじゃないかと期待したんです。……でも、残高はたったの二万二千円でした」

「そりゃひどい」

森司は呆《あき》れ声を出した。巧が苦笑する。

「ひどいでしょう？　ギャラが振り込まれ、光熱費、通信費、税金、クレジットカードの引き落としをする口座がその有様ですよ。母にさりげなく訊《き》いてみたら、残高が足りなくて引き落としできず、コンビニ払いするのもしょっちゅうだそうでして。……でも考えてみたら、都心の一等地に家を建てて、毎年のようにベンツだポルシェだと車を買い替えて、母はつねに最新のブランドを身に着けて……。ぼく自身も、麻痺《まひ》していました。お金は有限なんだ。湯水みたいに湧《わ》いてくるわけじゃないんだと、あらためて思い知った」

「ふうむ」部長が腕組みした。

「そんな親御さん相手じゃ、なるほど『視えなくなった』とは打ち明けにくいね。いままで、匂わせたことすらないの？」

「……じつを言うと、衰えはじめた当時、それとなく父に訴えたんです」

部長の問いに、巧は声を落とした。

「でも父は真に受けてくれませんでした。仕事をサボりたがっていると思ったようです。十八歳の誕生日に膝《ひざ》詰め談判する予定ではいるんですが、その結果もどうなるか……」

「事務所から、契約更新の話は？」

「話はもらっています。でもぼくのほうで、のらりくらりとかわしてます」

「せやけど巧くんが辞めたら、世帯収入は断たれるんですよね？」

鈴木が尋ねた。

「ほしたら親御さんが働くか、巧くんと妹さんがバイトでもするしかない。慣れてしまった生活レベルを落とすのはむずかしいって、よう聞きますよ？　そっちの面は大丈夫なんですか？」

「むずかしいでしょうね。でも、落としてもらうしかありません」

巧は苦にがしげに言った。

「家と車を売れば、いくらかにはなるでしょうし……。もともと、一生この仕事ができ

ると は思っていなかった。貯めるだけ貯めたら、辞めさせてもらうつもりでした。貯蓄がゼロに近いのは誤算でしたが、このままなに食わぬ顔で仕事をつづけるわけにはいきません。詐欺まがいの綱渡りに耐えていけるほど、ぼくの神経は太くない」

巧は膝の上で組んだ指をほどき、

「――ぼく、ほんとうは調理師になりたいんです」

ぽつんと言った。

「家族を養うこと自体に、不満はありません。妹はあんな状態ですし、親を見捨てられませんから。数年は家を売ったお金で暮らして、その間に調理師免許を取って、その給与でつましく暮らしていけたらいいなと思っています」

殊勝な心がけだ――。森司は思った。

わずか十七、八で「家族を養うことに不満はない」とは、なかなか言えない台詞《せりふ》である。とはいえ幼い頃から親と妹を背負いつづけてきたのだ。それが自分の運命だと、あきらめてしまってもむべなるかなだ。

「で、話を戻すけど、頼みってなに?」

部長が言った。

「きみの能力が衰えたらしいのはわかった。ぼくたちに、なにをどうしてほしいの?」

「撮影中、ぼくの代わりに霊視してもらいたいんです」

巧はきっぱりと答えた。

「今回の撮影を、ぼくは最後の番組にするつもりです。だからこれさえ乗りきればいいんだ。来月の契約満了を迎えれば、ぼくら一家は違約金を払わずに、円満に事務所と切れられますからね」

「どうかな、円満かは未知数だよ。でもまあ違約金からは逃れられるだろうね」

「ひとまずそれでいいんです。充分です」

熱っぽく巧が言う。

部長は森司と泉水に視線を流した。

「だそうだ。……どう？　巧くんに協力してあげる気ある？」

「いや、こっちの意欲は関係ないでしょう」

森司は慌てて手を振った。「協力する気があろうがあるまいが、おれたち素人が、勝手にテレビに出られるもんじゃない」

「大丈夫です。ちょうどエキストラを募集してますから」

間髪を容《い》れず巧が返す。

「ネットが発達したせいで、エキストラの使い回しはすぐバレちゃうんです。だから昨今は撮影のたび、怯《おび》え役を現地調達することにしています。その枠に、みなさんを推薦しますよ。さいわいその程度の権限ならあります」

「マジか……」

ため息まじりに森司はこぼした。

巧が深ぶかと頭を下げる。

「すみません。お願いします。どうしてもこの撮影を乗り切りたいんです。人助けと思って、どうかお願いします」

そうまで言われてしまっては無下にもできない。森司は泉水と鈴木と、あきらめの視線を交わし合った。

「……しかたねえな」

泉水が唸《うな》るように言う。

「ありがとうございます」巧の目が輝いた。

「あの、これが台本です。でも読みこまなくていいです。ざっと目を通してもらうだけで大丈夫ですから、是非」

バッグから取り出した台本を、いそいそとテーブルに並べる。

部長がその表紙を覗《のぞ》きこんで、

「なになに？『怪談・累ヶ淵《かさねがふち》の怪。映画撮影中に無念の死を遂げた女優の霊が、百貨店の廃墟《はいきょ》をいまもさまよう……』か。噂どおり、大祥《だいしょう》百貨店の跡地で撮影するんだね」

「そうなんです」

巧が勢いこんで番組概要を説明しはじめる。その横顔を眺めつつ、

——でも書店で手がぶつかったときの、あの感じ。

指さきに走った、静電気にも似た強い痺《しび》れ。

能力が衰えている感じはしなかったけどな……と、森司はひそかにつぶやいた。

3

撮影現場は最寄りのインターからバイパスに乗り、四十分ほど走った先に建つ廃墟であった。

かの一帯は昭和の頃、一大繁華街だったらしい。だがいまや見る影もなかった。中でも隆盛をきわめたという大祥百貨店は、撤退して三十年近く経っても解体の費用を捻《ねん》出《しゅつ》できず、無残な姿をさらしている。市民から苦情は幾度となく出ているが、いまだ行政は手をつける様子さえない。

「女性のエキストラが足りないって言われたから、藍《あい》くんも呼んだよ。仕事が終わり次第、現地に向かってくれるってさ」

と、泉水のクラウンに乗りこみながら黒沼部長が言う。

時刻は午後七時。このところすっかり日が短くなり、六時を過ぎると世界は夜闇に溶けてしまう。撮影は午後九時からだそうで、すくなくとも一時間前には現場に入るよう言われていた。

「じゃあ藍さんは、例の愛車をお披露目ですね」と森司。

「夏のボーナスと合わせて、貯金はたいて頭金払ったって言ってたもんね。ええと、なんて車だったっけ？」

「アウトランダーだ。程度のいい中古らしい」

答えたのは泉水であった。そう言う彼の愛車クラウンも中古であるが、こちらは程度がいいどころか、かなりの型落ち車である。

「灘、奥にどうぞ」

森司は後部座席のドアを開け、こよみを振りかえって「どうぞ」のジェスチャーをした。クラウンは五人乗りで、部員も五人であるからして、後部座席に森司、こよみ、鈴木の三人が座ることになる。

「すみません」

こよみが頭を下げて乗り込む。森司は次いで鈴木を見やったが、無言で首を振られた。しかたなく、彼自身が真ん中に陣取る羽目になる。

クラウンが走りだした。

古い車とはいえ、乗り心地はけして悪くない。運転も落ち着いていてスムーズである。俗に車さばきは性格が出ると言うが、ぶっきらぼうな態度に反して、泉水の運転はじつに穏やかだ。むろん部長から「飛ばせ」と指示がない限りは――だが。

森司はなるべく鈴木の側に寄っていた。

こよみは小柄だし鈴木は細身だ。それでも大人三人が後部座席におさまれば、お世辞にも余裕があるとは言えない。

――こよみちゃんを押さないようにしなくては。

不可抗力とはいえ、体ごと押したり密着するのは女性に対し失礼だ。そりゃあくっつきたい願望は皆無ではないし、もし不慮の接触があったなら最低でも三日は神に幸運を感謝するところだが、それよりも「彼女に不快感を与えたくない」、「嫌われたくない」思いのほうがはるかに勝る。

というわけで鈴木には申しわけないが、出来得る限り体を左に傾けていると、

「あの、八神先輩」右側からささやき声がした。

こよみの声だ。

森司は急いで首だけを伸ばし、訊《き》きかえした。

「え、なんだ。どうした？」

「メール、届いてましたか？」

「へ……」

森司は考えこんだ。いや、部室を出る前に携帯電話を一応確認したが、メールは誰からも来ていなかったはずだ。

「届いてないと思うけど、なんで？」

「あ、それならいいんです」

こよみは慌てたように首を振った。

「送信しかけて、中止したので……。あの、たいした用事じゃなかったんです。その件

はあとでお話ししますね。すみません」

それきりこよみは前を向いた。森司としては「ああ、うん。そっか」と答えるほかなかった。

クラウンがウインカーを出し、右折レーンに入る。

夜空を背景にした赤信号が、やけに毒どくしく映る。空模様が変わってきたせいだ。さっきまで晴れていたのに叢雲《むらくも》が流れてきつつある。

――なんだろう、いまの会話は。

森司は胸中でつぶやいた。

――まさか例の約束をキャンセル……とかじゃないよな。土壇場に来てやっぱり来たくなくなったとか、二人きりの食事に危険を感じただとか――？

いや、そうだとしても無理はない。若い女性が一人暮らしの男の部屋を訪れるのは、やはり心理的ハードルが高い。尻込《しりご》みしても無理からぬことである。それはわかっている。わかっているつもりだが、しかし……。

森司は窓越しに空を仰いだ。風が強いのか、黒雲が急速に集まって月をなかば隠している。なんだか己の行く手を暗示しているように思えてならない。

「ところでみんな、『累ヶ淵』のあらすじは知ってる？」

助手席のシート越しに、部長が言った。

「知りません」

森司はためらいなく答えた。

「お岩《いわ》さんと似た話、みたいなイメージですわ」と答えたのは鈴木だ。「醜い女が夫に殺されて祟《たた》るっちゅう、同じような話ですよね？」

「うん。そういう要約をすると同種の怪談だね」

部長は肯定して、

「でも『累ヶ淵』が『四谷《よつや》怪談』と違う点は、怨念《おんねん》と因縁が何代にもわたってつづく、という点なんだ」

と語りだした。

「時代は十六世紀から十七世紀、元号で言えば慶長《けいちょう》から延宝《えんぽう》の頃だ。下総《しもうさ》国のある村に、累《るい》という女がいた。この女は生まれつき容貌《ようぼう》が醜く、早世した姉の助《すけ》と生きうつしだったことから『助がかさねて生まれてきた』と厭《いと》われ、〝るい〟ではなく〝かさね〟と呼ばれていた。

この累は両親を亡くしたあと、病気で苦しんでいた流れ者を拾って看病する。この流れ者の男を婿に迎えて、彼女は父の与右衛門《よえもん》の名を継がせるんだ。ちなみにお岩さんの夫の名は〝伊右衛門《いえもん》〟だから、ここにも相似が見られるね。

ともあれ、二代目与右衛門は次第に恩を忘れ、醜い累を疎ましく思うようになった。彼はある日、妻を川に誘いだして突き落とし、沈め殺した。そののち与右衛門は女をとっかえひっかえ五度再婚するものの、ことごとく妻が早死にしてしまう。しかし六人目の妻との間にようやく娘が生まれた。この娘の名を、菊《きく》という。

菊が十三歳を迎えた頃、六番目の妻は亡くなり、ほぼ同時に菊も病みついた。菊は口から泡を噴き、父の与右衛門を睨《にら》みながら、譫言《うわごと》のような恨みを吐くようになった。いわく、『われは川にて殺されし累なり』。そして『与右衛門に溺死《できし》させられた証人とている』と吐き散らす。与右衛門はもちろん、村人たちもその怪異に恐れおののいた。彼らは弘経寺《ぐぎょうじ》に所化していた、祐天《ゆうてん》上人を頼った。

祐天上人は祈禱《きとう》の末、累を成仏させることに成功した。しかし菊はしばしの間をおいて、ふたたび怨霊《おんりょう》に憑《つ》かれてしまう。このとき菊が口走った名が、累に先んじて生まれた助の名だ。

助いわく『われは累と同じく、川にて沈め殺された者なり。累が往生せし事を羨《うらや》ましく思うて来《きた》りぬ』。つまり助の早世は事故ではなかった。その醜さを疎まれて、親の手によって殺されていたんだ。祐天上人は助にも十念を授け、戒名を与えて成仏させた。

一連の怪異は、それでようやく止んだという――」

部長はいったん言葉を切って、

「余談だが『四谷怪談』に新宿《しんじゆく》区左門《さもん》町のお岩稲荷《いなり》があるように、『累ヶ淵』にも常総《じようそう》市羽生《はにゆう》町の法蔵寺《ほうぞうじ》がある。この法蔵寺の境内には、いまでも菊、累、助の墓があって参拝できるんだ。また本堂にはこの三人と祐天上人の木像が安置されており、上人が死霊供養に用いた数珠《じゅず》も保管されている。残念ながらぼくはまだ拝めていないから、学生のうちに行っておきたいと思ってるよ」

と締めくくった。

「三十年前に大祥百貨店で撮影された映画は、その『累ヶ淵』を原案としたホラー映画だったんですよね」とこよみ。

「らしいねえ。もっとも事故で映画はお蔵入りしちゃったから、いまや全容を知るのはごく一部の人間だけだけど」

部長は嘆息した。

「じつに残念だよ。もしクランクアップできていたなら、地元を舞台に名作ホラー邦画が一本誕生していたはずだ。脚本と監督は日本アカデミー賞を三度獲《と》った相馬《そうま》常太郎《じょうたろう》。累を演じる主演は、名脇役として名を馳《は》せた捧小枝子《ささげさえこ》。しかもこの映画は、捧小枝子初の主演映画だった。スタッフといい役者といい、日本のホラーにはめずらしい精鋭ぞろいだったんだ。どこをとっても名作の匂いしかしなかったっていうのに――ああ、つくづく残念」

身をよじるように嘆く部長を、

「そのへんにしとけ。そろそろ着くぞ」

冷静に泉水が遮った。

森司は運転席と助手席シートの間から身を乗り出した。

泉水の言うとおり、信号柱の向こうに、大祥百貨店の廃墟《はいきょ》が薄黒くそびえ立っていた。

4

「ああ、きみたちがエキストラの大学生ね。おれはチーフディレクターの西脇《にしわき》。今日はよろしく」

そう言って寄ってきたのは、夜なのにサングラスをかけ、鼻下と顎《あご》に髭《ひげ》をたくわえた中年男だった。立派な太鼓腹が、白のポロシャツをまるく押し上げている。

「台本読んだ？　ああそう。でも気にしなくていいからね。きみらはこっちの指示に従って、きゃーとかぎゃーとか言ってりゃいいだけだから」

と言いながら立ち去りかけて、

「あ、それから」急に振りかえる。

「この百貨店っていわくつきらしいよね。その〝いわく〟って、地元じゃ有名？　けっこうみんな知ってたりする？」

「有名ですよ」

黒沼部長がにこやかに答えた。

「約三十年前、相馬監督がこの大祥百貨店を貸し切って、捧小枝子が主演の映画を撮影したんですよね。でも撮影中のエレベータ事故で、捧小枝子を含む四人が死亡。映画はお蔵入りせざるを得なくなった。さらに大祥百貨店ではその後、怪現象が立てつづけに起こったそうですね。回転扉やエレベータ、エスカレータで事故が頻発し、寝具売り場で白い手が手まねきしていた等の目撃証言も多発した。とくに回転扉の事故に遭った母《おや》子《こ》が、何年にもわたって『カーテンの隙間から誰かが視てる』、『夜になると布団に誰か入ってくる』と訴えるようになったという逸話は有名です」

「へー、そっか。じゃあ話の枠は大きく変えられないな」

西脇は残念そうに唇を曲げた。

「できればもっと派手な話に改変したかったんだよね。たとえば事故の前からいわくつきの場所だったとか、人がいっぱい死んでるとかさあ。大昔は刑場だったとか古戦場だったとか、地元の老婆役に語らせるのもベタだけど受けるよね」

でもまあしょうがねえか、と独り言のように言いながら離れていく。

現場ではスタッフらしき十数人が忙しそうに立ち働いていた。ごついカメラを肩に担いだ男。反射板らしき白い板を掲げる男。大きな長い集音マイクを携えた女。ケーブルをさばく男。

「もっと右。違う違う、おれから見て右」

「照明足りないよー。もっと当てて、もっと」

などと口ぐちに声を張りあげ、ときに怒鳴り合いながら作業を進めている。

――ええと、両角巧は……。

森司は首をめぐらせた。

——あ、いた。

両角巧は奥で、ヘアメイクらしき女性に顔をいじられていた。前髪をダッカールで留め、顔にドーランを塗られている。

芸能人ぽいなあ、と変なことに感心する森司の背後で、

「撮影中の事故で、四人も死んだんですか？」と鈴木が問う声がした。

「さっきのディレクターさんはああ言ってましたが、十二分に大事故やないですか」

「うん。当時もかなり騒がれたようだよ。捧小枝子はドラマでも人気のコメディエンヌだったし、おまけにまだ八歳の子役まで亡くなったからね」

「ああ、それあたしも聞いたことある」

と、肩越しにひょいと顔を出したのは三田村藍《みたむらあい》だった。

雪大オカルト研究会のOGであり、元副部長でもある長身美女だ。はるか後方にシルヴァーのアウトランダーが駐《と》まっている。約束どおり、会社帰りに駆けつけてくれたらしい。

「ああ藍くん、突然呼び出してごめんね」

「それはいいの。ついでだから、あたしにもひととおり説明してよ。大祥百貨店の廃墟が〝出る〟のは有名だし、いわくは諸説耳にしてきたわ。でもどの説が正確なのか、いまだによくわからないの」

「ええとね」

部長は車内で森司たちに語ったあらすじと、西脇に話したことを繰りかえし、

「——というわけで、子役を含む四人がエレベータ事故で不幸にも亡くなったのはほんとうだよ。当時の新聞の縮小版を、図書館で見たからね。記事によればケーブルが切れて、エレベータの籠《かご》が八階から地下まで墜落したそうだ。全員が即死だった。犠牲者は主演の捧小枝子とマネージャー。音声スタッフが一人と、子役の千野玲衣《ちのれい》」

「千野玲衣……って、どっかで聞いた名前ね」

「有名な子役俳優、千野圭《けい》の妹だよ。兄の代表作は映画『氷の楼閣』や、パレス建託のCMね。主な活動時期はぼくらが生まれる前だけど、テレビの『懐かしのあのCM』みたいな番組でよく見るでしょ。『氷の楼閣』のほうは、ブルーリボン賞に輝いた不朽の名作だしさ」

　と部長は言って、

「映画はこよみくんが言ったとおり、『累ヶ淵』を原案として現代ものに焼きなおした脚本だった。タイトルはシンプルに『かさね』。捧小枝子演じるヒロインは、容貌《ようぼう》にコンプレックスを抱く孤独な独身女性だ。彼女が勤める会社は、受刑者および少年院出所者を雇用する、協力雇用主制度に積極的な会社だった。あるとき入社してきた元受刑者の美男子に、ヒロインは一目ぼれしてしまう。こっそり動向を探るうち、彼が再犯するシーンを目撃したヒロインは、かばって虚偽のアリバイ証言をするんだ。彼女は感謝し

た美男子と結婚までこぎつけるものの、結局殺される。

その後、ヒロインの遺産を手にした美男子は再婚と離婚を繰りかえし、四回目の再婚でやっと子宝に恵まれる。しかし愛娘《まなむすめ》は死んだヒロインそっくりに生まれ、美男子とその妻に祟《たた》る……というのが主なあらすじね。ちなみに祐天上人の登場はなく、美男子は無残な死を遂げて終わり。この愛娘役と、ヒロインの幼少期と姉の三役にキャスティングされたのが、千野圭の妹である玲衣だ」

「ヒロインは醜い設定なの？　でも捧小枝子って、そんなに不美人じゃなかったと思うけど」

藍が首をかしげる。

「ぼくもそう思う。正統派美人じゃなくとも、ああいうファニーで個性的な顔立ちは需要があるよ。でも彼女は、映す角度によって印象ががらりと変わった。その変化を〝異様〟と酷評した評論家までいるほどだ」

部長は言った。

「ともあれ捧小枝子本人は、自分からこの役を志願したらしい。彼女自身の境遇がいくつか累と重なって、シンパシーを感じたんだそうだ。幼くして親をなくした不幸な生い立ち。若くして結婚するが、夫に浮気されての離婚。女優として成功したはいいが、異端の脇役女優と冠され、なかなか主演の座はまわってこない。また個性的なルックスを揶揄《やゆ》されることも多かった。周囲が想像する以上に、捧小枝子はこれらの事象がコンプレックスだったようだね」

　こよみが眉《まゆ》を曇らせて、

「捧小枝子が出演した映画、ＤＶＤですが何本も観ました。コメディもできる演技派女優で、『白夜の暁』、『遠い鼓動』など相馬常太郎作品にはお馴染《なじ》みのバイプレイヤーでしたよね。でも、生い立ちが不幸だったとは知りませんでした……」

「それは無理ないよ。本人がひた隠しにしていたらしいからね。彼女の死後、ぽつぽつと逸話が出てきた程度で――あっ」

　部長が言葉を切った。

「どうしたの」

「後ろのロケバスから降りてきた女の子。あれ、巧くんの妹さんじゃない？」

「ああ、例のアイドルデビューに失敗した妹か」

　泉水が歯に衣着《きぬ》せずに言った。

　白のハイエースコミューターから降りてきたのは、細身の少女だった。ゴシックロリータというやつだろうか、全身を真っ黒なレースとフリルに包んでいる。ストレートの黒髪を腰まで垂らし、ヒールが十センチ以上あるおでこ靴を履いていた。

「なんだ。服はともかく、顔は充分可愛いじゃねえか」

「ほんとだ、兄貴とそっくりですな」と鈴木。

「ファッションはいまいち万人受けしませんが、ステージじゃ衣装着てたでしょう。なんで人気が出えへんかったかな」

「歌が壊滅的だとか？　でもいまどき歌が下手なアイドルなんて、掃いて捨てるほどいるのにねえ」藍が言う。

両角花澄に向かって、中年の男女が歩み寄っていくのが見えた。男のほうは見覚えがある。撮影現場内を我がもの顔でうろつきまわっていた男だ。花澄の肩を、やけになれなれしく抱く。顔が近い。そんな二人を、女が微笑みながら見守っている。気やすい態度からして、きっと家族だろう。

ということは、あれが両角巧の父親兼マネージャーか、と森司は察した。チーフディレクターと同じく色付きサングラスに髭《ひげ》だが、服装をブランドで固めているせいか、軽薄感がさらに濃い。

「じゃあそろそろ、カメリハ入りまーす」

ADが両手を上げて叫んだ。

「エキストラの皆さんはこっちに来てください。ここ、この線がバミリって言って立ち位置ですから。絶対出ないようにしてくださいね」

5

『霊能者タクミ』シリーズの最新作こと、『怪談・累ヶ淵の怪。映画撮影中に無念の死を遂げた女優の霊が、百貨店の廃墟《はいきょ》をいまもさまよう……』は、地上波でなくネット配信であった。ちなみにこの長ったらしいタイトルは〝お約束〟だそうだ。

　チーフディレクターの西脇のぼやきによれば、

「最近はシャレのわかんない視聴者が増えちゃってさ。なにかっちゃ『やらせだ！』、『CG加工だ、インチキだ！』なんてBPOに訴えてくるわけ。『子供が怖がって夜眠れなくなった。どうしてくれる！』なんてクレーム入れる馬鹿もいるし、地上波はもう駄目だね。ああ、川口浩《かわぐちひろし》探検隊やプロレスを、ゴールデンタイムに放映できた時代が懐かしい」

　とのことだった。

「とはいえ、ほぼ入れ替わりでネットテレビができてくれたのはありがたいね。おかげで心霊番組は消えずに済んだ。というわけで、えーと、きみたち台本読んでくれたんだっけ？　ああそう。今回は主演女優の捧小枝子と、映画『かさね』とのシンクロに焦点をあてた〝泣かせる心霊番組〟にする予定だからよろしく。あ、きみらは合図に合わせて、きゃーとかぎゃーとか言ってりゃいいからね」

　さっきも言った台詞《せりふ》を繰りかえし、彼はこよみと藍を手まねいた。

「そこのきみたち、最前列の真ん中に入っていいよ」

　二人の美女が即座に首を振る。

「あ、いえ、あたしたちは」

「はい。目立たない位置で充分です」

「えっ、なんで？」

西脇は目を剝《む》いた。

「ネット配信とはいえ、テレビだよ？　テレビに映れるんだよ？　きみたちほどのルックスなら、どっかの事務所の目に留まってデビューできるかもしれない。どうして、目立ちたがらないの？」

藍が肩をすくめて、「すでに社会人なので、デビューは無用です」

「わたしはまだ学生ですが、そういった華やかな世界はあまり……」

こよみが眉間《みけん》に皺《しわ》を寄せて大真面目に応じる。

「ええ？　なに言ってんの。テレビだよ？　そりゃ女の子受けするハイセンスな番組じゃあないけど、『霊能者タクミ』シリーズは平均視聴者数七万を超える人気コンテンツで、いまだに業界の注目だって――」

理解できない、と言いたげに西脇が叫ぶ。

そんな彼らを後目《しりめ》に、泉水が元大祥百貨店の廃墟を見上げた。

「……こいつは、想像以上にまずそうだな」

「ですね」

森司は顔をしかめてうなずいた。

「遠くから眺めていたのと、半径五メートル内に入ったのじゃ段違いだ。これ、撮影自体がやばいんじゃないですか？　無事に今夜を終えられるか、あやしいですよ」

「リハーサルが済んだら、両角巧と話してみるか」

泉水は唸《うな》った。

「八神の言うとおり、大事故に繋《つな》がりかねん。大昔のお蔵入り映画の二の舞になろうもんなら、円満な契約終了にはほど遠いぞ」

しかし両角巧当人は、

「そんな。――だとしても、いまさら撮影中止なんて無理です」

と青ざめた。

「ぼくはただの演者で、そんな権限はありません。第一、誰も真に受けてくれませんよ。約十年無事にやってきて、なんでいまさら？　と思われるに決まってます」

「その十年間、危ない目に遭ったことはなかったのか」

「多少はありました。撮影を終えて様子がおかしくなったスタッフや、泣きじゃくって『帰る、帰る』としか言わなくなった出演者や――。でも大怪我するほどのトラブルは、一度もありません。以前はぼくも視えましたから、ほんとうに危ない方向へは行かないよう、さりげなく誘導できましたし……」

「そうか。じゃあ今回も、〝さりげなく誘導〟の線でしのぐしかないか」

つぶやいてから、森司は巧に迫った。

「じゃあせめてこう言ってくれよ。『ぼくの霊視能力で危険を察知した。撮影できないのはまずいが、事故が起きるほうがもっとまずい』って。番組の進行や内容について臨機応変に対応していけるよう、チーフディレクターと交渉してきてくれ」

「ぼくは昼間からいるのに、いまになって言い出すなんて不自然じゃないですかね？」

巧は困り顔で言った。

「スタッフに勘ぐられたり、あやしまれるのは避けたいんですが」

「そんなことを言ってる場合じゃねえだろ」

泉水がぴしゃりと封じる。

「大ごとになってから悔やんでも遅いんだ。無事に今日という日を終えたいなら、事前にできる対策はなんでもやっておけ。万が一死傷者でも出たら、違約金どころの騒ぎじゃなくなるぞ」

「──そうですね。すみません」

巧は顔を引き締めた。

「それから、スタッフとエキストラをなるべく減らしてくれ」泉水は言った。

「エキストラは、おれと八神だけだ。撮影スタッフも若くて機敏なやつに絞れ。なにかあったら、すぐ逃げだせるようにな」

「交渉してみます」

巧は首肯した。

「でもぼくの意見だけじゃ、聞いてもらえないでしょう。まず父を説得しなくちゃな。制作側との交渉役は、いつだって父ですから」

「説得できそうか」

「いつもなら、むずかしいです。でも先月買ったクルーザーの件がありますから、めいっぽい恩に着せてみます。なにしろぼくに内緒で、オーナーズルーム付のサロンクルーザーを、二十年ローンで買っちゃったんですから……」

巧が唇を嚙《か》む。

そんな親父に生活レベルを落とさせるなんて無理じゃないか？　とこみあげた言葉を、森司は強いて飲みくだした。

「妹も連れてきたんだな」と泉水。

「はい。一人にしておくと、また自殺をはかるかもしれないから……。それに父は妹の売り込みを、いまだにあきらめていないんです」

「気苦労が絶えねえな」

泉水は巧を短くねぎらって、

「廃墟の中に入らず、撮影を終えるのは無理か？　立ち入らずに済むなら、それに越したことはないんだが」と訊《き》いた。

「さすがに無理と思います。台本ではエレベータの籠《かご》が落下した場所、つまり死亡現場の地下一階まで行って捧小枝子を慰霊するという筋書きです。いつでも逃げられる態勢をとるなら、地下に下りるのはまずいですね。中に入るのは避けられなくても、地下まで行くのは中止してもらいます。スタッフも、厳選してもらいましょう」

巧は請け合ってから、

「ところで……」と上目で泉水を見た。

「ぼくの能力は弱まる一方みたいです。今夜はいつもよりさらに感じないし、視えません。――でも、あなたがたは感じるんですよね？　いったいここには、なにがいるんです。やはり捧小枝子の霊ですか？」

「さあな」

泉水はそっけなく言った。

「おれたちは生前の捧小枝子の気配を知らないから、判別がつかん。それに古い霊だから、だいぶ崩れてやがる。原型をとどめないってほどじゃないが、煮溶けたように、あたりの有象無象と癒着している。中でも厄介なのは、やつがおれたちの来訪を〝喜んでる〞ってことだな」

「喜んでる……？」

「ああ。闖入者《ちんにゅう》をいやがるか、無視するやつはほぼ問題ない。静かでいたい性質の、概して穏やかなやつだ」

泉水はちいさく舌打ちした。

「だが大勢を歓迎するやつや、空気を乱されて喜ぶやつには喜ぶなりの理由がある。たいていがろくでもない理由だ。——そしてここに巣食うやつは、あきらかに歓喜している」

森司たちが巧との話を終えて戻ると、黒沼部長は見知らぬ年配の男性と話しこんでいた。しかも、見るからに話を弾ませていた。

男性は身ぶり手ぶりをくわえつつ語り、部長は前傾姿勢でうなずきながら聞いている。双方ともに、興奮で頬が上気していた。

「八神先輩」

こよみが小走りに駆け寄ってくる。

「両角さんはなんて言ってましたか。泉水さんは？」

「廃墟《はいきょ》に入るスタッフと、出演者の数を絞ってくれるそうだ。泉水さんは、廃墟を一周してから戻るってさ。とくに危ない場所を把握しておきたいらしい」

「そうですか」

と息をついたこよみに、

「……ところで灘、あのう、さっきの話ってなに？」

と森司は小声で訊いた。

車中で聞かされた、送信中止のメールがどうとかいう話だ。気になる。聞くのが怖い気もするが、さりとて聞かずにおくのもそれはそれで怖い——のだが。

「え」こよみの頰が、さっと強張《こわば》る。

「ごめん」

森司は反射的に謝った。

「ごめん灘。そうだった、いま訊くようなことじゃなかったな、うん、あとで聞くよ。そうだそうだ、おれが悪かった。ほんとごめん」

こよみの返事を待たず、森司は早口でまくしたてた。

自分から訊いておきながら、怖気《おじけ》づいたのだ。この場はごまかすしかないと、まだ話しこんでいる部長に遠くから呼びかける。

「部長、泉水さんが元大祥百貨店の廃墟を一周してくるそうです。エキストラはおれと泉水さんだけになりました。警戒レベルを、めいっぱい上げてください」

「了解」

部長が顔を上げて応《こた》えた。

「一階だけでも入ってみたかったけど、泉水ちゃんがそう言うならしかたがない。あ、紹介するね。こちらのかたは映画『かさね』の撮影現場に入っていた、元スタッフさん。相馬常太郎監督とも捧小枝子とも何度かお仕事されたとかで、貴重なお話をうかがっていたところ」

「えっ。ということは死亡事故が起こった日も……？」

森司がぽろりと言う。

男は沈痛な面持ちでまぶたを伏せた。

「ええ、わたしは特殊効果担当でしてね、あの日のあのときは、外で作業の準備をしていたんです。そうしたらいきなり、どーんと凄《すご》い音がして……。あたりに一瞬、揺れというか衝撃が起こりました。てっきり地震と思いましたよ。エレベータが籠ごと八階から落ちると、あんな地響きがするもんなんですねえ」

「お仕事はとうに引退されてるんだそうだ。でも今日は捧小枝子の追悼番組ということで、特別に出演してくださるんだって」

横から部長が言い添える。

「それはそれは……」

と森司はつい頭を下げてから、

「あ、いや、それはそうと、部長も藍さんも気を付けてください。とくに鈴木と灘は影響されやすいから。かならず廃墟から半径五メートル以上離れて」

「大丈夫。まかせて」

藍がこよみと鈴木を両手で抱き寄せた。

「こよみちゃんも鈴木くんもあたしが守るから。八神くんは心置きなく、エキストラに集中してちょうだい。泉水ちゃんにもそう伝えといて」

「ありがとうございます」

頭を下げて、森司はＡＤのもとへ走った。

6

両角巧が番組サイドに出した要望は、八割がた通ったらしい。

エキストラは森司と泉水だけに決まった。代わりに森司は「女の子がいないぶん、きみが張り切って悲鳴あげてよ？」と西脇から仰せつかり、

「あ、はい。……ビビリだからいけると思います」

とわれながら情けない返答をした。

同行スタッフも機動力のある若い男を中心に選ばれたようだ。ただ音声担当だけは代替がいないそうで、三十代の女性となった。

しかし最大最強の誤算は演者だった。巧の妹である両角花澄を、キャストにねじ込まれてしまったのだ。

巧の父親と花澄が「チーフディレクターに交渉してやる代わり、どうしても出させろ」と言い張ったらしい。撮影時間が押していたせいもあり、巧は最終的に折れざるを得なかった。

かくして大祥百貨店の廃墟に入るメンバーは、以下に決定した。

カメラマン二人、音声一人、照明二人。AD一人。チーフディレクターの西脇。演者に両角巧と花澄の兄妹《きょうだい》。進行役のアナウンサー。そしてエキストラとして、八神森司と

黒沼泉水。

「総勢十二人か。絞ったつもりでも十人超えちまうんだな」

泉水がつぶやく。

「これ以上は無理みたいですね。でも西脇さん以外はみんな若いし、なにか起こってもすぐ走れそうな……」

森司がそこまで言いかけたとき、

「あんたたち、地元の大学生なんだって？」

と背後で不機嫌そうな声がした。

振りかえる。そこに立っていたのは、両角花澄であった。

巧によく似た美少女である。レースとフリルだらけのドレスから着替え、いまはリブニットとデニムスカートという普通の格好だ。しかし中肉中背の兄と違い、彼女は棒のように痩《や》せていた。ろくに陽に当たっていないのか肌は青白く、ちいさい顔の中で双眸《そうぼう》だけが爛々《らんらん》と輝いている。

「ねえ、あんたらさっきお兄ちゃんとしゃべってたよね？　なんなの、どういう関係？　コネでもあんの？　どっかの事務所に所属してるとか？　まさか、つまんないこと考えてやしないよね？」

早口で詰問してくる。その視線は森司を素通りし、泉水だけを睨《にら》みつけていた。

「答えようがない」

泉水が無表情で言う。

「その『つまんないこと』とやらの意味がわからん」

花澄は彼をもう一度睨みつけた。火の出るような目つきだった。ふんと鼻を鳴らし、足早に離れていく。

周囲のスタッフに向かい、花澄は八つ当たりのように喚《わめ》きちらした。

「ちょっとぉ、待ち時間長くね？　九時から撮影開始って話だったじゃん。うちお腹すいちゃったんだけどー？　これ以上待たせんなら、なんかあったかくて甘いもん買ってきてよ。は？　そんなのじゃねーって。スマホで調べりゃわかるだろー……」

かたわらのADが小声で「うへぇ」と首を縮めた。森司たちに苦笑してみせる。

「あの子、おっかないよねえ。アイドルで売れなかったのも、あのキツい性格のせいらしいよ。水着がいやだ、歌がいやだってゴネまくって、現場で総スカン食ったんだってさ。苦手に思ってるやつ多いから、きみらも気にしないで」

と手を振って去っていく。

「……顔は似てても、兄妹でだいぶ性格が違うみたいですね」森司は慨嘆した。

「まあ兄貴の両角巧も、あれはあれでどうかと思うがな」

泉水が応える。

「態度といい受け答えといい、十七歳であれはいい子ちゃんすぎる。とはいえ幼少期から大人に囲まれて、ビジネスライクな世界にいたやつだ。こっちが鵜呑《うの》みにしすぎるのは、まずいかもな」

「まずいって……。つまり彼の態度は、演技ってことですか？」

「あくまで可能性の話だ」

泉水は肩をすくめた。

頭上で、真っ黒な木立が夜風にざわりと鳴った。

7

ようやく撮影がはじまったのは、予定から約一時間後だった。

最初に撮られたのはインタビューのシーンである。

演者は、さきほど部長と話しこんでいた元映画スタッフだった。折りたたみ椅子に腰をかけ、膝《ひざ》の上で指を組んだ姿勢で、廃墟《はいきょ》を背後に語りだす。

「ええ、相馬監督とは七作ほどご一緒させていただきました。捧小枝子さんは、そのうち五作にご出演なさっています。わたしは特殊効果担当で、撮影現場にシャワーホースで雨を降らせるだとか、火薬を仕掛けて爆発を起こす、送風機で演者さんに風を当てるなどの役目をつとめておりました。いまならCGで画面処理するでしょう効果も、三、四十年前は人力でそれらしく見せていたものです。

捧小枝子さんは、『相馬監督の秘蔵っ子』と言われたほど、監督お気に入りの女優さんでした。とにかく頭と勘のよろしいかたで、演出にどんどん口を出される。監督はその指摘を退けることなく、いつも真摯《しんし》に聞いていらっしゃいました。六割から七割は、捧さんの意見を容《い》れておられましたね。すごいことですよ。ええ、そんなふうにして演出にも介入されるかたでしたから、わたくしどもスタッフとも接する機会が多かったんです。捧さんみずから『このシーンは強い風があったほうがいい』、『もっと火薬多くしていいわよ』なんてね。打ち上げの席などでも、じつに気さくにお話ししてくださるかたでした。

映画『かさね』に対しては、非常に思い入れているご様子でしたね。初主演作品ということもあって、代表作にしたいとおっしゃっていました。ホラー映画だなんてキワモノ扱いされるご時世でしたが、『中川信夫《なかがわのぶお》の【東海道四谷怪談】はコッポラに激賞されたし、小林正樹《こばやしまさき》の【怪談】はカンヌで審査員特別賞を獲《と》ったじゃない。撮りようで、怪談映画は芸術に昇華できるはず』と主張なされて……。

捧さんは、なんというか、とてもエネルギッシュなかたでした。その反面、もろくて儚《はかな》いところもおありだった。『自分がこの世に生きた証《あかし》がほしい』と、よくおっしゃっていました。『わたしは生に貪欲《どんよく》なのよ。だからこうして映画に多く出て、自分の存在を世に刻んでおきたいの』と。そう言いながら『二度と結婚できないだろうし、子供も望めないから、作品が子供代わりだわ』としんみりされたりね。ですが、その裏にコンプレックスも秘めておいつも明るくて、楽しいかたでした。

でしたよ。幼くして実母と死に別れ、継母《ままはは》に『不器量な子だ』と罵《ののし》られながら育ったこと、夫に何度も浮気された末に離婚したこと、評論家に『主役を張れる顔ではない』、『演技は抜群だが、決定的に華がない』と揶揄《やゆ》されたこと——。そのせいでしょうか。『誰かを演じている間は、自分じゃなくなるから気楽』、『役になりきっている間は、プライヴェートの悩みを全部忘れられる』とおっしゃるのもしばしばでした。

その捧さんが、まさかあんな事故で……。いえ、わたしはご遺体は観ておりません。外にいて作業していましたら、地響きのような衝撃がしましてね。そのときはまさか、エレベータの籠《かご》が落ちたなんて想像もしませんでした。しばらくして、救急車やらレスキュー隊やらが駆けつけてきて、ようやく事故の実感が湧いてきたんです。ええ、全員即死だったそうでね。こんな言いかたはあれですが、苦しまずに済んだのだけがさいわいでした。

ああ、子役の千野玲衣ちゃん。はい、あの子も気の毒しました。玲衣ちゃんは、捧さんのご推薦だったんです。『わたしの生まれ変わりを演じるなら、絶対にこの子がいい』とおっしゃってね。もちろん玲衣ちゃんには特殊メイクをほどこす予定でした。でも目がこう、ぎょろっとしているところが、もとより捧さんに似ておいででした。はい、まだ八歳だったんですよねえ。ほんとうにお可哀想な……」

十分近く語って、カットの声がかかった。

あとで編集するのだろうが、なかなかに長い語りである。六十代の男が背をまるめてささやくようにしゃべる姿は、悲痛かつ哀切なムードがあった。まさに怪談ばなしの導入部にふさわしい。

「じゃあ次のシーン、巧くん入って。エキストラの学生くんたちは、バミリの位置に立ってね。巧くんの立ち位置と間違えないで」

チーフディレクターが、台本片手に大声で指示を出す。

スタッフが一斉に動きだした。照明が増え、カメラが増え、レフ板が掲げられた。主役の両角巧に、燦然《さんぜん》と光が集まる。

ヘアメイクらしき女性が駆け寄ってきて、巧の髪を整え、パフで顔の脂を抑えた。別の女性スタッフは、シャツの衿《えり》にピンマイクを取りつけた。マイクテストののち、巧は進行役のアナウンサーとともに廃墟の入り口に立った。

ディレクターのキューで、カメラがまわりだす。

森司と泉水は、巧の斜め後ろに立たされていた。照明が当たらない絶妙な立ち位置だ。ライトの九割は両角巧に集まり、煌々《こうこう》と彼の全身を照らしている。

マイクを握った男性アナウンサーが、なめらかに話しはじめた。

「えー、われわれは現在、女優の捧小枝子さんが亡くなった現場である、大祥百貨店の跡地に来ております。本日はこちらから、お馴染《なじ》み『霊能者タクミ』シリーズの最新作をお送りするべく……」

アナウンサーは三十年前にここで映画『かさね』の撮影がおこなわれたこと、撮影中

に捧小枝子たちが事故死したことを説明して、

「どうですか巧くん。捧さんの存在を感じますか？」

と振った。

「そうですね。……ぼくは生前の捧小枝子さんの気配を知らないので、捧さんとは断言できません」

巧はかるく眉根《まゆね》を寄せた。

「しかし、確かになにかがいるとは感じます。……残念ながら古い霊なので、だいぶ崩れていますし、あたりに漂っていた低級霊と……そうですね、煮溶けたように癒着しています。ですから、よけい気配がわかりにくいですね」

さっき泉水が言った言葉のパクリである。しかしいまの巧は視えないし、感じないのだ。この程度のカンニングはしかたあるまい。

「やはり中から強く感じますか？」

「ええ、とくに――」

巧は廃墟を振りかえる身ぶりをしながら、泉水と森司に目で合図をした。泉水が西側を顎《あご》で指す。

素早く巧はアナウンサーに向きなおった。

「――とくに、西側から強い波動を感じます」

嘘である。というか、あえて逆を答えた。なるべく霊のすくない方向へ誘導し、撮影を無事に終わらせる計画であった。

多少心は痛むが、どうせ霊が出ていようがいまいが視聴者には視えない。巧にいつもの調子で進めてもらい、捧小枝子の霊を慰める演技をして一件落着——というのが、陳腐ながら無難な落としどころだろう。

ちなみに巧の台詞《せりふ》や動きは本人の裁量にまかされており、大筋をよほど逸脱しない限りはＮＧにならないのだそうだ。

男性アナウンサーがうなずいて、

「では巧くんの誘導で、廃墟の中に入っていこうと思います。その前にゲストをご紹介しましょう。本日は巧くんの妹さんである、両角花澄さんをお招きしました。どうぞ、よろしくお願いします」

「よろしくお願いします」

花澄が頭を下げる。

市松人形さながらの黒髪は、アイドルらしい編み込みスタイルにされていた。服装はさっき見たリブニットとデニムスカートだ。

「今日はそのほか、地元の大学生のかたがたにもご協力をお願いしております。ではテレビの前のみなさん、わたくしどもはこれより、捧小枝子さんの霊に会いに向かいます……」

照明がふっと一段落ちた。

この暗さも、恐怖を演出する要素の一つなのだろう。巧を先頭に、アナウンサー、花澄、カメラマン、森司たちの順で廃墟へ向かう。

入り口のガラス戸は割れていた。破片をまたいで、一同は中へ踏み込んだ。

「八神、携帯電話持ってるか？」

泉水が長身をかがめ、森司にささやく。

「いまのうち藍にかけろ。そのまま通話にしておけ。おれは、本家にかけっぱなしにしておく」

本家とは黒沼麟太郎部長のことだ。会話が向こうにも聞こえるようにか、と森司は察し、言うとおりにした。

廃墟の一階は、むろん商品も棚も撤去されていた。だがあちこちに営業時の名残りが見られる。壁からはずれかけたエルメスのマーク。ティファニーやシャネルの色褪《いろあ》せた看板。どうやら一階は化粧品、香水、ハンドバッグなどのブランド商品がメインだったようだ。

三十年前といえばバブル期の真っ最中である。とはいえこの百貨店の撤退に、景気うんぬんは関係がなかった。

客足が遠のいたのは、ひとえに小枝子たちの死亡事故以後、立てつづけに起こった怪現象ゆえだった。

「――大祥百貨店は、捧小枝子演じるヒロインの憧《あこが》れの場所、という設定でした」

男性アナウンサーがマイクにささやく。

「ヒロインは地方の中小企業に勤める、天涯孤独の女性です。世間が好景気で浮かれていようが、彼女は親の遺産を浪費することなく、つつましく生きていました。週末にこの百貨店でウインドウショッピングするのが、ヒロインの唯一の楽しみだったのです。ご覧ください、アクセサリーやバッグのブランドマークが、いくつかそのままに残っています。三十年前に、映画『かさね』のヒロインが見た光景です……」

そのナレーションに合わせ、森司は一階を見まわした。

森司はバブル期を知らない。物心ついたとき、すでに日本経済は下向きだった。デフレだ経済危機だ、スタグフレーションだと、辛気くさい言葉ばかり聞かされて育った。両親も堅実な人たちで、およそ贅沢《ぜいたく》とは無縁だった。

――でも捧小枝子は、バブル景気の真っただ中で死んだ。

華美なブランド品だらけの百貨店で、エレベータもろとも墜落死したのだ。

スタッフの証言によれば、孤独な女性だったようだ。生い立ちも環境も不遇だった。聡明《そうめい》で才能に恵まれていたのに、正統派美人でないというだけで主演がなかなか勝ちとれず、評論家たちからは容貌《ようぼう》をあげつらわれた。

いまよりポリティカル・コレクトネス意識が低かった三十年前、彼女がどう揶揄《やゆ》されたかは想像するほかない。だが『かさね』のヒロインに志願したという逸話から、おおよその見当はついた。

捧小枝子は〝泡のように儚《はかな》く浮かれ騒ぐ社会の中で、つつましく生きる孤独な女性〟に自己投影した。ブランドバッグも高級コスメも買えず、店内を一巡して楽しむだけの女性を演じようとした。

映画『かさね』のヒロインは百貨店からの帰り道、想い人が強盗をはたらくのを目にしたという。

再犯であり、捕まれば懲役は避けられまい。そう判断したヒロインは、彼のアリバイを偽証する。彼に恩を着せ、結婚にまでいたるのだ。

そこから映画は、怪談『累ヶ淵』のあらすじに沿って進むこととなる――。

8

「こちらが、落下したエレベータの扉です」

男性アナウンサーが手で背後を指ししめした。

落下した籠《かご》そのものは、当然ながらとうに撤去されている。眼前の扉は閉ざされ、赤いスプレーで「呪」の一文字が書き殴られていた。廃墟《はいきょ》に侵入した野次馬の、面白半分の落書きだ。

「巧くん、どうです。こちらに捧小枝子さんの心は残っているでしょうか」

男性アナウンサーが言う。

巧が、ちらりと森司たちに視線を寄越《よこ》した。

森司はカメラに映らないよう身を引き、首を横に振った。泉水も口の動きで「そこはやばい。やめろ」と伝える。

巧は意味ありげに一息おいて、

「いえ、ここにはもう……。捧さんはすでに、もっと遠くをさまよっておいでです」

長い睫毛《まつげ》を伏せて答える。

アップで映し出されると意識しての、せつなげな表情であった。なかなかの役者だ。霊能者の肩書がなくとも、演技の道で食っていけそうである。

巧の言葉とは反対に、エレベータ付近の一帯は黒い瘴気《しょうき》に覆われていた。無残な死の名残り。禍々《まがまが》しい空気に引き寄せられた雑霊。そこへ冷やかしで場を荒らしていった人間たちの嘲笑《ちょうしょう》や悪意が入り混じり、薄黒く凝《こご》っている。

巧は最初の宣言どおり、一行を西側へと誘導にかかった。

比較的、静穏な側だ。まったくの無害というほどではないが、森司たちが見た限り、ほかの区域に比べればだいぶましだった。

巧が足を踏み出しかける。ＡＤの合図で、破裂音が二回鳴った。

花澄が悲鳴を上げる。慌てて森司も「ひゃああ」と間抜けな声を発した。

「いまのは……ああ、ラップ音ですね」

アナウンサーが小声で言う。

しかしこれは台本通りの効果音だ。外でスタッフが起こした音である。

花澄はぴったりと兄に寄り添っていた。彼女も演技派だなあ、と森司は感心した。しおらしい立ち居振る舞いが、意外なほど板についている。

「はいカット！　よーし、五分の休憩挟もう」

チーフディレクターの西脇が手を叩《たた》いた。

一気に空気が弛緩《しかん》する。

森司も長いため息を吐いた。たいした役でもないのに、無意識に緊張していたらしい。

噴水だったとおぼしき円形の縁石に、泉水と並んで腰をかけた。

ゆっくりとまわりを見まわす。

照明スタッフは機材を確認し、カメラマンと西脇は録った映像を観かえしていた。花澄は窓際に立ち、撮影中とはうって変わって不愛想だ。男性アナウンサーだけが元気で、音声スタッフと熱心に打ち合わせをしている。

「黒沼さん、八神さん」

両角巧が駆け寄ってくる。腕にペットボトルのお茶を三本抱えていた。

「お茶どうぞ。……このあと西側に向かいますが、いくつか階をまわらないと一番組ぶんの尺が取れそうにありません。いまのうちに、安全そうな階を教えてもらえますか」

「正直、どの階も行きたくないけど」

森司は口ごもってから、

「でもたぶん、上に行けば行くほどまずいと思う。エレベータは八階から落下したんだっけ？　だったら八階は絶対に駄目だ。できれば、四階以下でお茶を濁してほしい」

「わかりました。四階あたりで時間を稼ぎます」

巧は請け合った。

「でも捧小枝子さんの霊と交流――というか、話し合うクライマックスのシーンは避けられませんよ。そこはどうアレンジしましょう」

「ともかく、壁際を避けろ」と泉水。

「演者だけでなくスタッフにも、なるべくフロアの中央に寄るよう声をかけてくれ。クライマックスの撮影は、同じ場所に長くとどまることになるんだろ？　壁から染みだしているやつがいるから、手の届く位置にいさせるな。それから――」

彼は顔をしかめた。

「ここまで来て、いまさらだがな。本来ならメンタルが弱ってるときは、霊障の強い場所に来るべきじゃあないんだ。不満だらけで鬱屈《うっくつ》した人間に、やつらは悦《よろこ》んで群がってくる。……だから、注意しろ」

「わかってます」

巧は真顔でうなずいた。礼を言い、立ちあがって離れていく。

「泉水さん、どうかしましたか？」

森司は尋ねた。

「なにがだ」

「いえ、最後になにか言いかけて、やめたように見えたから」

「ああ。いや、言ったところで無意味かと思ってな」

泉水はかぶりを振った。

「本家の受け売りだが、霊視だの霊感だのは遺伝のほか、〝不幸な環境の子供に現れやすい〟という説があるんだそうだ。まあ両角のやつは賢そうだし、おれがうるさく言うまでもないだろう」


一行は西側にまわり、階段をのぼって二階フロアへと着いた。

朽ちかけた看板によれば、二階は婦人服売り場だったらしい。照明が暗いせいで、全員の足もとがおぼつかない。個々に持たされている懐中電灯で床を照らすものの、得体の知れない破片が、靴底でじゃりじゃりと鳴る。

「カット、カット！　なんだよ、やけに暗いと思ったら、照明が足りねえじゃんかよ！」

西脇がわめいて、派手に舌打ちした。

「ていうか、ひいふうみい、一人いねえじゃん。いなくなったの、照明の子か？　便所でも行ってんのか。馬鹿かよ。こん中、水道止まってんのに……」

「あ、あそこにいます」

音声スタッフの女性が、前方を指さす。

「行きすぎちゃったみたいですね。暗くて戻ってこられないようだし、わたしが連れてきましょうか」

「ああ。そうしてくれ」

西脇がうなずく。音声スタッフが駆けていった。

細身の背中が、薄闇に溶けて見えなくなる。

「それにしても、ひどく荒らされてますねえ。片っ端からぶち壊されてるじゃないっすか」

慨嘆したのはADだった。

彼の言うとおり、二階は一階よりひどい有様だった。ガラスは割られ、マネキンや棚は蹴《け》り倒され、壁はカラースプレーの猥雑《わいざつ》な落書きで埋まっている。どうやって破壊したものか、エスカレータの段の底がいくつか抜けていた。

「こういう場所で暴れるのって、どういう輩《やから》なんですかね」

「不良の集団よりも、一見おとなしそうなやつが夜中に一人でやってるほうが、想像すると怖いよなあ」と西脇。

「最近はそんなガキばっからしいっすよ。おれらが学生のときと違って、見た目じゃ凶悪なやつがわからないんです」

「おまえが学生のときねえ。いや、おれの体感じゃ〝キレる十四歳〟なんて言われたあたりからそんな感じだったぞ。おまえ、あの世代よりずっと下だろう」

そう苦笑する西脇の横で、残った照明の一人がぽつりと言った。

「――なんだか、騒がしくないですか？」

奇妙な声音だった。

森司は振りかえって、彼を見た。

「は？　なに言ってんだ」西脇が呆《あき》れ声を出す。

「虫の声ひとつ聞こえないぞ。こだまが響くほど静かじゃねえか。だいたい、ここにはおれたちしかいな……」

「さっきから、騒がしいと思ってたんすよね」

照明係が遮った。

「がちゃがちゃがちゃがちゃ、さっきからずっとうるさかった。気が散るなあって、ずっと思ってたんだ。だから、ほら、あいつだって向こうに行ったんすよ。がちゃがちゃがちゃがちゃ、うるさいからっす。逃げたんすよ。その証拠に、戻ってこないでしょ？行ったきり、戻ってこない……」

彼は照明をだらりと下ろし、薄闇を呆《ほう》けたように見つめていた。音声スタッフが駆け去った、黒い闇の中を。

森司は思わず泉水を見あげた。

泉水も瞠目《どうもく》している。彼がこんな表情をするのはめずらしい。

――そうだ、戻ってこない。

音声スタッフの女性は、ほんの数メートル先を指して走っていった。三十秒と経たず、連れ戻せそうなニュアンスだった。

なのにいまだ戻ってこないばかりか、足音や衣擦《きぬず》れの気配さえない。

おかしい。森司は思った。おかしいと理性が訴える。でもなにも感じない――。

瞬間、彼はぞわりと総毛立った。

――違う。

そうじゃない。なにも感じないこと自体、おかしいんだ。

いまこの場所でこの瞬間、なにひとつ視えず、感じない。おれと泉水さん、二人ともがだ。

――あり得ない。

「すまん」

頭上から、泉水の苦りきった声がした。

「おれが早く気づくべきだった。――くそ、まんまと誘いこまれた」

その語尾をかき消すようにして、「だからね、だからおれ、言ってやったんですよ」と照明係の言葉がかぶさる。

「うるさいって。騒がしいから、黙れって。がちゃがちゃがちゃがちゃ、ずっとうるさいんだ。ずっとうるさいんだ。だから黙らせなきゃって。がちゃがちゃがちゃがちゃ、だから言ってやったんだ。おれ、がちゃがちゃがちゃ、うるさいから、言ってやったんだ。がちゃがちゃがちゃ、がちゃがちゃがちゃ、うるさ」

「お、おい」西脇は狼狽《ろうばい》していた。

「おい、なんだよ。おまえさっきからなに言ってんだ。おまえ――」

「黙れ!!」

照明係が吠《ほ》えた。

しん、と静寂があたりを覆う。

泉水がはっと真横を見た。反射的に、森司も同じ方向を見やった。

いや、なにも起こっていない――と一瞬思う。

同じく闇が広がり、破壊された金属片やガラスが散らばり、下品な落書きが壁を埋めているだけだ。

だが、もしそうなら――もしなにひとつ変わっていないというなら、なぜこんなに動《どう》悸《き》がするのか。なぜこんなにも肌が粟立《あわだ》ち、口中が乾くのか。

霊感ではなかった。純粋な生存本能が、いまこの瞬間の危険を、痛いほど訴えていた。

森司は視線を落とした。

ずず、と這《は》うような音がした。

ふたたび目を上げる。

不審な音は止んでいた。

だが視界の光景に、異変があった。おかしい、と思う。思うのに、どこが違うのかわからない。森司は闇の向こうに目を凝らし、違和感の正体を探した。

短い悲鳴があがった。花澄だ。

その刹那《せつな》、森司は異変の正体を悟った。

マネキンだった。倒れていたはずのマネキン人形が、いつの間にかすべて起きあがっていた。

立ち尽くす照明係の手から、ＡＤが照明をひったくった。

白い光がマネキンを照らし出す。

三十年前の、古いマネキン人形だ。あるものは経年劣化で鼻が欠け、あるものは指が欠けていた。腕が両方抜け落ちたもの、首がないものもいた。頬や胸や腿《もも》の塗料が剝《は》がれ、大半がケロイドじみた醜い地肌を晒《さら》していた。

まんまと誘いこまれた――。

その泉水の言葉を、森司はようやく理解した。

西側に気配がすくない？　違う。見せかけだ。この廃墟《はいきょ》に巣食うやつらが、わざとそう装っていたのだ。

おれたちは、むざむざと引っかかった。蜘蛛《くも》の巣にかかる蝶《ちょう》のように、防虫灯で焼かれる虫のように、進んで罠《わな》に吸い寄せられてしまった。

森司は身動きしなかった。

まばたきひとつせず、マネキンの大群を見つめていた。

だが見つめているその間にも、マネキンが動いているのがわかった。音もなく、肉眼では追いきれない緩慢さで、すこしずつ近づいている。そしてまばたきするたび、距離が大きく縮まる。

十一月だというのに、森司は全身汗みずくだった。うなじも、背も、頭皮も、冷や汗でしっとりと濡《ぬ》れていた。

誰かが「ひ、ぃっ」と、叫ぶのが聞こえた。こんなときでなかったら、ひどく滑稽《こっけい》に感じただろう声だった。

先頭のマネキンの姿勢が変わっている。

さっきまでは首を左に向け、片手を横に差し出していたはずだ。しかしいま、彼女は前を向いていた。腕の角度が変わり、両の指が鉤爪《かぎづめ》のように曲げられていた。

いや、先頭のマネキンだけではない。

いまやすべてのマネキンが、森司たちを正面から見据えていた。体と手足をぎこちなく傾け、首と両眼だけで、撮影クルー一行を睨《ね》めていた。

あいつらに捕まったらどうなるんだ。森司は頭の片隅で考えた。

あの硬く冷えた手に捕まったなら、おれたちはどうなる。押し倒されて、引き裂かれて食われちまうのか。まさか。

まさかそんなことはあるまいが――あるまいと陽の光の下ならば言えるが、ああ、いまはわからない。頭の芯《しん》がぼやけて、まともにものが考えられない。

「走れ」

泉水が唸《うな》るように言った。

その眼が、森司と巧を交互に見やる。

「八神は残りのスタッフを、両角は妹を守りながら階段に走れ。おれは、暗がりに消えたスタッフ二人を探してくる」

「そんな、でも――」

「いいから行け」

森司はごくりとつばを飲んだ。

視界の隅で、巧が妹を腕に抱えるのが見えた。傍らでは、いまだ照明係が「がちゃがちゃがちゃがちゃ、うるさいんだ。うるさい、がちゃがちゃがちゃがちゃがちゃがちゃがちゃがちゃ」と低くつぶやいている。

背後で、かすかに軋音《あつおん》がした。

「後ろ！」

叫んだのはADだった。

シャフトを軋《きし》らせながら、防火用シャッターが下りはじめていた。階段とフロアを隔てる、災害時の非常シャッターだ。

動くはずがなかった。ここは完全なる廃墟だ。非常用電源が働くはずもない。だが現に、目の前で音をたてて閉まりつつある。

真っ先に駆けたのは西脇だった。シャッターの下をかいくぐり、階段側へ逃げこむ。

ADが、アナウンサーがつづいた。妹を抱えた巧も走った。

森司は泉水を振りかえり、迷った。しかし立ちすくんだままの照明係が目に入った。

——駄目だ。あのままにしておけない。

森司は照明係の腕を摑《つか》んだ。もつれ合うようにして走り、シャッターの向こうへすべり込んだ。

シャッターが閉ざされたのは、約二秒後だ。

森司は跳ね起き、シャッターに張りついた。耳を澄ます。

かすかに泉水の声がした。

「おい、誰か聞いて——くそ、雑音だけか。……おい麟太郎、聞いてると信じて一方的に言うぞ。トラブル発生だ。もし二十分経ってもおれが出てこなかったら、警察と消防隊を呼んでくれ。撮影どころじゃない」

無事のようだ。森司は安堵《あんど》の息を吐き、階段に向きなおった。

西脇とADがへたりこみ、肩で息をしている。男性アナウンサーは手すりにもたれていた。照明の男は、すべり込んだ姿勢のまま動かない。

両角巧はといえば、妹に「大丈夫、大丈夫だから」と小声で声をかけてやっている。

「助けを呼んでこないと」

森司はアナウンサーに言った。見る限り、彼がもっとも気力が残っていそうだ。

「一階に下りて、救援を呼びましょう。シャッターをこじ開けるか、別の通路を見つけて、中の三人を助けなきゃ。いますぐ——」

最後まで言い終えることはできなかった。

語尾にかぶさるように、凄《すさ》まじい音がした。

森司は悲鳴を上げた。花澄や西脇の声がそれに重なった。

頭上から瓦礫《がれき》が降ってくる。舞い上がる粉塵《ふんじん》が、視界を奪った。

壁の一部が崩落したのだ。だが、はっきりそれと知覚する間はなかった。森司はただ両腕で頭をかばい、その場にうずくまった。

さらに壁が崩れ落ちる。振りそそぐ破片が頭を、背や腕を襲う。痛い。呼吸が詰まる。息ができない。

痛みと轟音《ごうおん》の中、森司は意識を手ばなした。

9

「——八神さん、大丈夫ですか。八神さん」

呼びかける声に、はっと森司は目を覚ました。

暗い。しかし目は闇に慣れていた。

床に置かれた二本の懐中電灯が、こちらを覗《のぞ》きこむ両角巧を下から照らしている。

森司は首を振り、上体を起こした。

ああ、そうだ、壁がいきなり崩れて――と思いかえす。

さいわい大きな怪我はないようだ。顔と腕が擦り傷だらけだし、目が痛むし、咳《せき》が止まらない。だが一応は無事だ。腕も足も首も動く。

彼らは階段の踊り場にいた。

フロアに向かう面はシャッターが閉ざされ、上下階へ繋《つな》がる階段は瓦礫で塞《ふさ》がれていた。かろうじて天井は崩落をまぬがれたようだが、油断できなかった。

「非常口は……？」

「もう一つ上の踊り場にあったようだ」

横から、苦りきった声がした。チーフディレクターの西脇である。

「まあ昼間の下見じゃ、非常用の外階段はとっくにぶち壊されていたがね。あーあ、災難もいいとこだ」

森司はあらためて周囲を見まわした。

両角巧が、森司のかたわらにしゃがみこんでいる。妹の花澄は、シャッターにもたれて膝《ひざ》を抱えていた。

西脇は太鼓腹のせいでしゃがみづらいのか、両足を投げだして座っている。その横で照明係は、やはり放心状態であった。

「この五人だけ、ですか」

「ここに閉じこめられたのはな」

舌打ち混じりに西脇がうなずく。

ではADとアナウンサー、カメラマンは一階に逃げたのだろうか。だとしたらありがたい、と森司は思った。一階に下りられたなら、救援を呼んでくれるはずだ。それとも彼らも、この崩落で閉じ込められてしまったか？

森司は立ちあがった。

シャッターを叩《たた》く。

「泉水さん。聞こえますか、泉水さん？」

返事はなかった。こそりとも音がしない。

まさか泉水に限ってヘマはしまいが――と振りかえりかけ、視界に光をとらえた。

西脇のスマートフォンの光であった。

「外と、連絡がとれそうですか？」

「いや駄目だ。圏外だ。廃墟《はいきょ》の外じゃあ使えたのに、おかしいな。くそ、妨害電波でも……って、そんなわけねえよな」

「ぼくのスマホも駄目です」

「あたしのも」

両角兄妹《きょうだい》がつづけて言う。

森司は自分の携帯電話を取りだした。藍にかけっぱなしにしていた携帯だ。森司は耳に当てる。通話は切れていないらしい。しかし雑音が聞こえるだけだった。

顔をしかめ、泉水と同じく一方的に告げた。

「藍さん。聞こえますか？　こちらは二階の西側階段の踊り場に、両角兄妹を含む五人で閉じこめられています。壁が崩落して、出口が瓦礫で埋まりました。窒息の心配はなさそうですが、一刻も早い救援をお願いします。なぜなら、なんというか、その——」

喉仏《のどぼとけ》が上下する。

「そのう、情けない話ですが、事態が把握できてません。この廃墟には、なにかがいるらしい。でもそれがなんなのか、見当がつかないんです。正体はもちろんとして、気配も摑めない。……こんなのは、はじめてだ」

最後のあたりは泣き言になった。

通話は切らず、再度チノパンの尻《しり》ポケットに押しこむ。

西脇はスマートフォンをいじりつづけていた。外界との交信を何度も試みては、舌打ちしている。

両角巧は妹のそばへ戻り、きつく肩を抱いてやっている。

縦一メートル、横三メートルほどの空間であった。五人でいるには狭いが、すし詰めというほどではない。

――このシャッター、開けられないのかな。

森司は懐中電灯を拾い、シャッターを照らした。

しかし持ち上げるための手掛けがなかった。試しに座板に両手をかけ、渾身《こんしん》の力をこめてみる。びくともしない。

――せめて、泉水さんと合流しないと。

無事が知りたい。それに、いま彼と離れていたくない。この場に〝視える〟のは自分だけで、いまやその能力さえあやしいと来ている。心細くてたまらない。

森司はシャッターに体をぴたりと付け、耳を澄ました。

音はない。人が立ち動く気配さえ感じない。聞こえるのは、背後で西脇が何度もアプリを立ちあげるらしき音と、彼の舌打ちだけだ。

たっぷり二分はそうしていただろうか。

ふと、鼓膜が音を拾った。

森司は肩越しに振りかえり、西脇に向かって唇に指を当ててみせた。

シャッターに耳を付けなおす。

間違いない。音だ。かーん、かーん、かーん、と鳴っている。

棒で鉦《かね》を叩くような、かん高い音だった。緩慢に、一本調子のリズムを刻んでいる。

かーん、かーん、かーん。

「……泉水、さん？」

森司はささやいた。だが呼びかけながら、違うとわかっていた。

——そう、違う。

彼ではない。泉水でないことだけはわかる。

だが音の正体がなんなのか、害意があるのかないのか、なにひとつ伝わってこない。

まるでゴム手袋越しにものを触るようだ。いつも当たりまえに甘受していた感覚を失うと、人はこれほどに戸惑うものなのか。一枚膜を隔てたように、感覚が遠い。もどかしい。

音は鳴りつづけている。かーん、かーん、かーん、かーん。やけにゆっくりと、しかし止むことなく鳴っている。

巧が身じろぎした。

「なんですか、この音？」

「きみも聞こえるか」

「はい。金属的な、いやな音ですよね。聞こえます」

「シャッターの向こうで鳴ってるようなんだ。泉水さん、おーい、泉水さん。応答してください、泉水……」

そのとき、ひゅうっと誰かが息を吸いこむのがわかった。

森司のうなじの産毛が、瞬時に逆立った。二の腕に鳥肌が立つ。

しかし感覚は、やはり鈍っていた。常よりも、背後を振りかえるのが二秒近く遅れた。

西脇の悲鳴が響く。

森司は目を見張った。

それは、瓦礫《がれき》の隙間から這《は》い出ていた。灰白色の泡にも、虫の卵にも見えた。

音もなく、わらわらと湧いてくる。わらわらわらと、灰色がかった白い粒がコンクリート片の合間から湧き、盛りあがり、床へ重たげにこぼれ落ちる。

それは蠢《うごめ》いていた。床に落ちた粒は塊となって、うねうねと身をよじらせていた。

西脇が悲鳴をあげながら、尻で後ずさる。

「逃げろ」

森司は叫んだ。

「触っちゃいけない。立て。壁ぎりぎりに立つんだ」

巧が、花澄の腕を摑《つか》んで立たせた。西脇が瓦礫にすがり、膝を震わせながら立つ。

しかし照明係は立てなかった。彼はまだ、ぼんやりとあらぬ方向を見つめていた。

森司が駆け寄るいとまはなかった。

泡のような、虫の卵のような粒は、いっせいに照明係の男を目がけて這っていった。

花澄が両手で己の口を覆った。

灰白色の粒は、放心したままの照明係の体を這いのぼった。彼のだらしなくひらいた口から、鼻孔から、耳孔から潜りこんでいく。数えきれないほどの群れだった。森司は思わず顔をそむけた。

静寂が落ちた。

しばしの間、誰ものを言わず、身じろぎもしなかった。

森司は首を曲げ、目をきつく閉じたまま動けなかった。照明係の男を見る勇気がなかった。罪悪感と、恐怖と嫌悪が胸を満たしていた。

「……、っ」

誰かが息を吐いた。

森司はなかば無意識に目をひらいた。そして、後悔した。

照明係は、ぎくしゃくと立ちあがりつつあった。耳と鼻の孔から白い粒が溢《あふ》れ、シャツの胸にまでこぼれていた。

彼は白目を剝《む》き、首をゆっくり、ゆっくり左右に揺らしていた。

顔は完全な無表情だ。あやつり人形のような動きといい、まるで人間に見えなかった。すくなくとも、生きて息づいている人間には。

首を揺らしながら、

「こいつ」照明係は、己の顔を指さした。

「こいつ、――悪いやつ」

鼻孔から、粒の塊がぼたぼたと落ちた。

「こいつ悪い。悪い……いっぱい、だました。女の子、げいのぅじんにあわせてあげるって、てれび、だしてあげるって、女の子、いっぱいだました。悪い悪い……悪い、やつ。いっぱい、女の子、おもちゃにした。悪い、悪いやつ」

照明係は、くっと顎《あご》を上げた。両手を上げる。彼はためらいなく、自分の両頬を爪で搔《か》き裂いた。

花澄が喉《のど》の奥で、くぐもった悲鳴をあげた。

「悪いやつ」

照明係は己の顔を爪で裂きつづけながら、言った。

「悪い、悪いやつ。いなくていい。こいつ、いなくていい。いないほうがいい。悪い悪い悪い。この世に、いないほうがいい……」

鮮血に染まった顔面の中で、目玉がぎょろりと動く。

「おまえも、悪いやつ」

彼が指さしたのは、西脇だった。西脇のたるんだ頬が、目に見えて引き攣《つ》れた。彼になにか言う間も与えず、

「おかね、払わない」照明係はかん高い声をあげた。

「やくそくしたおかね、払わない。やくそくどぉりに払わない。とちゅうで抜く。中抜きする。こいつ、おかね、いっぱいごまかした。そうやって生きてきた。おかねおかね、おかねのことばっかり。ぜんぶ、ごまかし。うそばっかり。こいつの――」

指は巧を指した。

「こいつのおとうさんと、ぐる」

巧の顔色が、すうっと白くなる。照明係は笑った。

「ぐるになって、おかね、いっぱい抜いた。抜いてきた。うそつき。おかねのこと、うそばっかり。こいつ悪いやつ。悪いやつは、いなくていい。いないほうがいい、悪い、悪いやつ」

照明係は声を上げながら、両頬を掻きむしりつづけた。千切れた頬の皮膚が、顎から細い帯になって、いくすじも垂れ下がっていた。

照明係は花澄に向きなおった。

「おまえ」

花澄が息を呑《の》んだ。

「おまえ、うそつき」

照明係は笑っていた。血まみれの頬を歪《ゆが》め、皮膚の下の赤い肉を露出させて、嘲笑《あざわら》っていた。

「うそつき、うそつきうそつき、うそつきうそつきうそつきうそつきうそつき」

「やめて」花澄が呻《うめ》く。

「やめて――やめてよ」

「おまえ、あにきがきらい」

小気味よさそうに、照明係は――彼を動かしているものは、笑った。その場でぎくしゃくと、異様な動きで飛びあがった。

「あにきがきらい。おまえ、あにきがきらい。あにきがきらい。あにきがきらい」

「やめてったら」

花澄の顔は、いまや紙のように白かった。食いしばった歯が鳴っている。全身が、小刻みに震えていた。

「おまえ、あにきがきらい。みんな、あにきしか見ない。おまえはあにきの影。光があたるのは、あにきだけ。だれもおまえを見ない。みんなおまえなんていらない。おまえはひとり。ひとりぼっち。だれもおまえなんか、いらない……」

「うるさい！」

花澄は叫んだ。

瞬間、空気中に白い火花が散ったのを森司は視た。

目も眩《くら》むような白銀色の光だった。

照明係が、魂切《たまぎ》るような声をあげて飛びのく。無様に尻《しり》を突き、這うように後ずさった。

森司は思わず巧を見た。だが巧はその横で呆然《ぼうぜん》と動けないままだ。彼の仕業ではなかった。では誰が――と考えかけ、森司ははっと悟った。

――そうか。

そういうことだったのか。

急に目の前がクリアになった気がした。

マネキンの動きを、真っ先に察したのは花澄だった。巧はもちろんとして、森司も、泉水さえ気づかないうちから彼女だけが気づいた。さらに休憩時間、彼女は窓際にいた。泉水の言う〝壁から染みだしているやつ〟からもっとも遠く、森司たちが注意をうながす必要も感じないほど、安全な側の窓に――。

「――きみだった、のか」

森司はあえいだ。

「きみは、強いんだな。おれよりも巧くんよりも、ずっとだ。そのきみが――兄に、妨害電波を出しつづけていたのか」

声がかすれた。

「巧くんは、能力を失ったんじゃなかった。きみがこの三年間、兄を妨害していたんだ。ずっと彼のそばで、誰にもあやしまれず、兄の能力を阻害していたのはきみだ。彼だけじゃない。おれも泉水さんも、――きみの近くでは、力を失う」

「あんたも、うるさい！」

花澄はわめいた。

「うるさい、黙れ！　黙ってよ！　こんな力、大っきらい」

「花澄……」巧が手を伸ばす。

「触るな！」

花澄が叫んだ。

「いつからだ。いつから、おまえ……」

「……三年前」

兄の問いに、花澄の顔が泣きだしそうに崩れた。

「三年も——？」

「そうよ」

挑むように、花澄は兄を睨《にら》んだ。両目に涙が溜《た》まっていた。

「……視えないはずのものが、視えるようになった。聞こえないはずの声が聞こえるようになった。……でもあたしは、お兄ちゃんと違う。隠れてるものなんて、視たくない。人の心の声なんか聴きたくない。みんな汚い。汚くて、ヘドロみたいなことばっかり垂れ流してる。なんでよ。隠れてるものなら、隠しておいてよ。なんであたしに見せるの。見たくないのに、知りたくないのに——。やめてよ。こんなの、なんでなのよ」

両耳を手で覆い、花澄は身をよじった。

なんてことだ、と森司は思う。

この子の能力は、おそろしく強い。泉水さえはるかに凌《しの》ぐほど強いのだ。

なのに三年間、視えない者として生きた。力をひた隠しにしたばかりか、兄の能力を妨害してきた。

彼女は己を厭《いと》い、兄を厭った。彼の稼ぎを失えば、家族の生活は破綻《はたん》するしかないとわかっていて、なお。

「花澄」

巧が呻いた。その声は無残にわなないていた。

花澄が首を振った。

「あんたが、嫌い」

唸《うな》るような声だった。

マスカラが涙で溶けて、両頰に黒いすじを作っていた。

「この世でいちばん嫌い。あたしは、あんたのせいでいじめられてきたのよ。どんなことされたか、知ってる？……いじめっ子たちに押さえつけられて、口の中に泥と犬の糞《ふん》を詰めこまれた。『兄貴ゆずりの超能力でやりかえしてみろ』って、笑われた。みんなの前で、服を脱がされた。下着まで全部脱がされて、裸のまま鉄棒の柱に縛られた。いじめっ子たちは、石を投げてきたわ。『超能力があるんなら当たらねえだろ』、『やりかえしてみろ』って囃《はや》したてられた。――見てよ、この傷」

花澄はニットの衿《えり》をずらした。

鎖骨の下に二つ、胸の上に一つ、縫合した傷跡が見えた。

「ここは六針、ここは四針縫ったの。こっちは十二針よ。お腹にはもっとある。あたしが水着になりたくなかった理由が、これでわかったでしょう。――お父さんは傷のことを知ってるくせに、『画像修整で消せるだろ』って肩をすくめただけだった」

花澄は唇を曲げ、

「どう。なにか言うことはないの」

と吐き捨てた。

巧はうつむいた。なにか言いかけて、言葉を呑む。手で口を覆い、低く声を押し出す。

「……ごめん」

「ごめんだって？　あははっ」

花澄の嘲笑《ちょうしょう》が響く。

「そのいい子ちゃんヅラ、吐き気がする。自分が家族を養ってやってる、と思ってたでしょ。自分だけ犠牲になってきたと思ってるんでしょう？　その陰で、あたしはいじめでズタボロにされて、泣き寝入りだった。あんたのスキャンダルになるからって、治療さえ大っぴらにできなかった。なによ、自分だけ陽のあたる場所にいて、稼いでるからって高みから見くだしやがって——、むかつくんだよ」

花澄は床を蹴《け》った。破片とともに、粉塵《ふんじん》が舞う。

しかし巧は応《こた》えなかった。応える前に、西脇が天井を指してあえいだ。

「——あ、ああ」

つられて上を見た森司は、即座に凍りついた。

目に入ったのは、顔だった。

天井いっぱいの、巨大な顔。

嗤《わら》っている。大人の顔ではなかった。子供の——幼い女児の顔だ。

「ち——千野」

スマートフォンを握りしめたまま、西脇が呻《うめ》く。

「千野玲衣、だ……」

子役の子か。森司は思った。捧小枝子演じるヒロインの幼少期と、生まれ変わりと姉の三役を演じるはずだった少女。

——捧小枝子でなく、こっちだったか。

森司が眉根《まゆね》を寄せた瞬間。

巨大な顔が、どろりと溶けた。

花澄は唖然《あぜん》と千野玲衣を見上げていた。仰向《あおむ》いたその顔めがけて、〝千野玲衣〟が降りそいだ。ねばついた、大量の白い雫《しずく》だった。

西脇が絶叫した。しかし花澄は声ひとつ上げられなかった。白い粘液は真上から、花澄の眼窩《がんか》、耳孔、鼻孔、口腔《こうこう》を塞《ふさ》いだ。

潜りこんでいく。頭皮から、肌から、無数の毛穴から、粘液は花澄の体内に侵入していった。染みていく。じゅくじゅくいう音が、無音の空間に高く響く。

森司は動けなかった。

巧は口をなかば開け、青ざめて微動だにしない。西脇は断続的に悲鳴を発し、照明係は床に尻を付けたまま動かない。

粘液が止まった。

花澄は立ちつくしている。壁に背を付けたまま、棒立ちだ。

「か、……すみ……」

巧が一歩前へ出る。彼を制しようとして、森司は気づいた。

――なにか、起こっている。

なにかが自分の身に起こっている。戻ってきている、と感じる。かじかんだ手を湯に浸したように、指さきに血がかよいはじめる感覚がある。

皮膚が粟立《あわだ》つ。鈍かった神経が研ぎ澄まされていく。つい三十秒前まで感じなかった空気が――ひりつくような恐怖と畏怖《いふ》と嫌悪が、一気に襲ってくる。

森司は歯を食いしばった。

おれはこんな場所にいたのか――。はじめて思った。

これほどの霊場は、常ならば一歩も立ち入れなかったはずだ。「撮影自体がやばいんじゃないですか？　無事に今夜を終えられるか、あやしいですよ」と言った己の声がよみがえる。

思えばあの時点で、なかば以上麻痺《まひ》させられていた。花澄に感覚を奪われていたところを狙われた。すべてを承知で、おびき出されたのだ。

――だが〝戻った〟ということは。

森司は顔を上げた。

目の前にいるのは、両角花澄ではなかった。

かといって千野玲衣でもなかった。兄の名声の陰で苦しんだ花澄。同じく高名な兄に存在を消されがちだった玲衣。二人は共鳴していた。肉体は花澄のものだ。しかし中身は呼応し、どろどろと一つに融《と》け合いつつあった。

——ああくそ、感じる。

森司は目をきつく閉じ、奥歯を噛《か》みしめた。

千野玲衣の思考が、生前の記憶が雪崩《なだ》れこんでくる。

きつい。苦しい。でも、知覚せずにはいられない。

脳内で、捧小枝子が言う。千野玲衣に語りかけている。

「この役はあなたしかいないと思った。原典では累の姉、助にあたる役よ。是非あなたに演じてほしい」

累の姉、助はその醜さを両親に厭われ、殺されて川に捨てられた。累ヶ淵の怪談は有名でも、累に姉がいると知る者はすくない。

そうね、この役はわたしにぴったり——。年齢にそぐわぬ声音で、玲衣は自嘲《じちょう》する。

きょうだいの陰に隠れてしまった子。同じ血を分けながらも、日陰の子。わたししか、この役を演じられる子役はいまい。

「——おにぃ、ちゃん」

花澄とも玲衣ともつかぬ女が言う。

首を不自然な角度に曲げ、右手を痙攣《けいれん》させ、左手を何度も振りあげては下ろす。左右不均衡の、異様な動きだった。花澄は関節が軋《きし》るような、ぎこちない動きで巧に向きなおった。

「おにいちゃん。おにぃちゃん――おにいちゃん、おにいちゃんおにいちゃんおにぃちゃんおにぃちゃんおにいちゃん」

花澄は右目だけを大きく見ひらいていた。引き攣《つ》れた片頬の表面が、絶え間なくうねうねと波打つ。皮膚の一枚下で、虫が激しく這《は》いまわっているかのようだ。

千野玲衣のほうが優勢だ――。森司は思った。

「か、――語りかけろ」

森司は、巧を小声で叱咤《しった》した。

「きみと千野玲衣は、同じく子役タレントだ。まったく同じではなくとも、似た立場だった。共感できるはずだ。気持ちに、寄り添ってあげてくれ」

巧が森司を見た。その顔は紙よりも白かった。

森司は言った。

「おれじゃ無理だ。花澄さんの兄で、千野玲衣と同じ子役タレントだったきみにしかできない。頼む。語りかけて、理解してやってくれ」

「おにいちゃん、おにいちゃんおにいちゃんおにぃちゃんおにぃ――」

花澄は笑っていた。

顔の片側に引き攣った笑みを浮かべ、兄を呼びながら、兄を憎んでいた。たじろぐほどの憎悪だった。皮膚が粟立ち、産毛がちりつく。花澄の感情か、千野玲衣の感情か――粘状に融けて混ざり合い、もはや判然としない。

「わ、――」

巧が口をひらき、

「わかるよ」

と言った。

声が無残に震えていた。だが覚悟を決めた口調で、彼はつづけた。

「テレビに出るのは、……最初は、楽しかった。特別な存在になれた気がした。まわりはちやほやしてくれたし、生活がぐっと楽になった。２ＤＫのアパートから、高層マンションに引っ越せた。父は車を買って、母はきれいになった。怒鳴りあってばかりいた両親が、いつも上機嫌になって――で、でも」

彼は詰まった。

「――でも、学校に行きたかった」

語尾が揺れた。

「普通に学校に通って、友達と遊びたかった。冷たいロケ弁じゃなく、うちで母のごはんを食べたかった。日焼けしたり、髪を切っただけで『シーンが繋《つな》がらないだろう』と叱られる生活なんて、窮屈だった。休み時間にドッジボールしたり、友達とトレカを交換したかった。強いカードは、ギャラでいくらでも買えたけど……そうじゃなくて、友達と交換したかったんだ」

巧の顔が、ぐしゃりと歪《ゆが》む。

「千野圭さん――、きみのお兄さんの圭さんも、きっと同じだったと思う」

そう言って、彼は手の甲で目を拭《ぬぐ》った。

「花澄」

小声で呼びかける。

花澄の首は、左右に揺れつづけていた。唇でまだ兄を呼んでいる。

「花澄、ごめん。……さっきおまえは言ったよな。『自分が家族を養ってやってる、と思ってたでしょ。自分だけ犠牲になってきたと思ってるんでしょう?』。そのとおりだ。思ってた。いつもぼくだけが苦労させられて、我慢させられてる。そう思って生きてきた。おまえには、全部伝わってたんだよな、ごめん」

巧はうなだれた。

「ぼくも、知ってた。おまえがアイドルなんかやりたくなかったと知ってた。売れなかったのは当然だ。おまえはいつも、反発してた。グラビアなんかいやだ、下手な歌を人前で披露するなんていやだ、そう言っていた。現場のスタッフはおまえを『我儘《わがまま》だ』と嫌ったけど、そうじゃない。おまえのせいじゃない。無理強いした父さんと、止めなかったぼくが悪い」

巧は顔を上げた。

花澄に向かい、手を伸ばす。

「……出よう。花澄。ここを出て、今度こそちゃんと話そう。この廃墟《はいきょ》に、これ以上いるべきじゃない。わかるんだ。玲衣さん、あなたもここに——この事故現場にいちゃいけない。出るんです」

「どこに」

花澄が、いや、花澄の中の千野玲衣が呻《うめ》いた。

「どこに——どこに。どこにどこにどこにどこどこどこに」

「正確にどこかは、ぼくにもわかりません」

巧は言葉をあらため、上を指さした。「……でも、上のほう。お兄さんの、圭さんがいるところです」

玲衣の動きが止まる。怪訝《けげん》そうな空気が漂う。巧はつづけた。

「千野圭さんは、一昨年《おととし》亡くなりました」

空気が一変した。

なにかが起こる、と森司は覚悟した。目を細め、背に壁を押しつけて、来るかもしれない衝撃に耐える。

巧は言った。

「享年四十一。急性骨髄性白血病だったようです。あなたの死後すぐ、彼は子役俳優を引退しました。そして成人後、事業を立ちあげたんです。光線式安全装置など、事故防止製品を中心にレンタルする会社でした。ぼくも、雑誌で千野圭さんのインタビュー記事を読みましたよ。『会社の設立動機は、二度と悲惨な事故を見たくないからだ』だそうでした」

「うそ」玲衣がつぶやく。

「嘘じゃない」

横から叫んだのは、西脇だった。

「みんな知ってる、有名な会社だ。おれだってCMで知ってる。――会社の名前は『REI』だ。事故で亡くなった妹の名をとって、『REI』。現在は、副社長が継いで――……」語尾が消えた。

「あ、ぁあ」

声をあげたのは、放心していた照明スタッフだった。

「ああ――」

森司も啞然《あぜん》と目を見ひらいた。

花澄は棒立ちで、真上に首を仰向《あおむ》かせていた。その顔の眼窩《がんか》、耳孔、鼻孔、口腔《こうこう》、毛穴、穴という穴から、白く粘い液体が立ちのぼる。

まるで映像の早回しを見るようだった。

先刻雫《しずく》となって降りそそいだ〝玲衣〟が、天井に還《かえ》っていく。ずぞぞぞぞ、と啜《すす》るような音とともに、花澄を放し、消えていく。

くたり、と花澄はその場にくずおれた。空気の抜けた風船さながらだった。

西脇が悲鳴を上げ、慌てて避《よ》ける。避けながら、彼は叫んだ。

「と、──撮った」

西脇はスマートフォンを掲げていた。

「スマホでだけど、全部撮った。やったぞ、最高にいい絵だった」

彼に取りあわず、巧が花澄に駆け寄る。抱え起こして、妹の名を幾度も呼ぶ。

──そうだ。携帯。

森司は尻《しり》ポケットから携帯電話を取り出した。耳に当てる。雑音がしない。

「藍さん！」

「よかった、八神くん、無事？　怪我はない？」

藍の声がクリアに聞こえた。

安堵《あんど》で膝《ひざ》が折れ、森司は思わず床にへたりこんだ。

「な、ないです……。擦り傷程度です。救援は、来ましたか？」

「警察と消防隊と、レスキュー隊が来てるわ。一階から瓦礫《がれき》を撤去していって、ついさっきカメラマンとADさんを助けだしたところ。あ、泉水ちゃんも無事よ。避難器具の設置場所を自力で探しあててね、避難用ロープで下りてきたの。音声さんをおぶって、避難器具の照明さんを抱えて二往復。だから残る要救助者は、きみたちだけ」

「に、二往復……。さすがですね」

吐息混じりに相槌《あいづち》を打ったとき、瓦礫の隙間から光が射しこんだ。

「――大丈夫か？　何名いる？」

オレンジの袖《そで》に包まれた腕が、光の向こうに見えた。

レスキュー隊の、オレンジの制服だ。森司はうなずいた。

「大丈夫です。ご、五人います……」

そう応《こた》えるのが精一杯だった。森司は全身から力を抜いた。

10

いちばん手前に停まっていたのは、救助工作車だった。つづいて救急車、パトカー、消防車の順に、ずらりと縦列駐車されている。箱型の赤色警光灯があちこちで回転し、目に痛いほどであった。

携帯電話は、ずっと通話状態で繋がっていたらしい。森司と泉水の耳には雑音しか届かなかったが、こっちの会話は外に筒抜けだったそうだ。

「おかげで、やりとりはほぼ録音できました。ノイズを除去すればばっちりです」

音声スタッフは満面の笑みであった。

西脇がスマートフォンで撮った絵と合わせ、滞りなく配信する腹づもりらしい。さすが商魂たくましい、と森司は感心することしかできなかった。

両角兄妹《きょうだい》の父親が、涙ながらにわが子たちを抱きしめている。やりかたに問題はあるが、愛情がないわけではないらしい。

母親はそんな夫と子供らを、微笑みながら見つめていた。花澄はまだうまく立てないようで、父と兄に体を支えられている。

照明係はいち早く担架で搬送されていった。西脇は、怪我もなく元気なようだ。泉水は部長とともに、消防隊の隊長らしき男性と話しこんでいる。

森司は撮影用チェアに座りこみ、そんな彼らをぼんやりと眺めた。

夜風が冷たい。だが救急隊員がくれた毛布のおかげで寒くはない。早く帰って風呂《ふろ》に浸《つ》かりたいな――と思っていると、

「八神先輩」

駆け寄ってきたのは、灘こよみであった。心なしか、目が赤いように見える。右手に紙コップのコーヒーを持っていた。

「これ、よかったら飲んでください。いつもミルクだけなのは知ってますけど、いまは甘くて温かいほうがいいと思って、お砂糖も入れてきました」

「ああ……、ありがとう」

言われてはじめて、森司は口中のごわつきに気づいた。渇きすぎて、喉《のど》どころか頬の内側が突っ張る。舌はスポンジさながらに干上がっていた。

ひとくち啜って、思わず呻く。

「……うまい……」

甘露、とはこのことだ。甘い。温かい。胃がじんわりと熱くなり、糖分の滋養が末端まで染みわたっていく。

森司はすこしずつコーヒーを飲み、飲んでは息を吐き、紙コップの三分の二ほどを胃に入れたところで、

「あ、灘」と言った。

「はい」

「そういえば、送信中止にしたメール、ってなに？」

こよみの眉《まゆ》が覿面《てきめん》に下がる。彼女は口ごもり、うつむいた。

「いえ、あの、……つまらない話なので、いま話すほどのことでは……」

「いや、気になるから、できればいま聞かせて」

森司は重ねて言った。いつになく強気なのは、いまだ頭がぼんやりしているせいだ。すべてが鈍磨している。この状態なら、ちょっとくらいショックな事態になってもやり過ごせそうだった。

こよみは眉間《みけん》に深い皺《しわ》を刻んで、

「ほんとうに、つまらない話なんです」

と重々しく言った。

「ものすごくつまらないので、先輩、覚悟して聞いてください」

「お、おう」

森司はわずかにたじろぎつつ、うなずいた。さすがにここで「ごめん、やっぱりいいや」とは言えない。

こよみは人生を苦悩するような顔で、

「……この前、先輩がアパートに招待してくださったじゃないですか」と言った。

「訪問する日に、なにか手土産を持っていきたくて、いろいろ調べたんです。マナーの本を読みましたし、雑誌も、ネットでも検索しました。その結果、ちょっとしたお酒かデザートにしようと決めたんですが、そこでまた問題が」

「う、うん」

「お酒もしくはデザートと言っても、献立の組み立てがわからないと、ふさわしい品が買えないでしょう。ワインがいいのかビールがいいのか、ケーキがいいのか、チョコレートか、はたまた和菓子か……。悩んだ末、先輩に事前に聞いておけばいいのかな、と思ったんです。でもメールを送る直前に、『やっぱりそんなこと訊《き》くのは、無粋かもしれない』と思って」

こよみは短い吐息を挟んで、

「――それで、メールを送信中止したんです。すみません。くだらない話で」

「いや、そんなことない」

森司はかぶりを振った。

「あの――嬉《うれ》しいよ」

紙コップを両手で握り、視線をおろす。

「そこまで真剣に考えてくれて、すごく嬉しい。なんていうか、おれも……真剣な気持ちで、灘を招待したから。かるい思いつきとか、安易な考えじゃなくて――あの、悩みに悩んだ末に、やっと誘えたからさ。だから、えー、うまく言えないけど」

森司は一息に言った。

「灘が同じ気持ちでいてくれて、嬉しい」

言うが早いか、コーヒーを飲み干す。

だがこよみの返答は聞けなかった。その前に、真横から声がかかった。

「おい、きみ。きみも要救助者だったろう？　早く救急車に乗って」

白衣の救急隊員であった。

森司は手を振った。「あ、いえ。おれはべつに怪我は」

「駄目だ。一見なにもないようでも、検査はしなきゃいけないよ。きみはとくに、落下物に接触しているからね。脳波を取っておかないと」

説得され、しぶしぶ森司は立ちあがった。こよみに「あとでメールする」と告げて、救急車へ向かう。

「八神さん」

救急車の陰には、鈴木瑠依がいた。

「大丈夫ですか。おれも一緒に乗って、付き添いましょうか？」

「いやいいよ。帰って休んでくれ。それより、鈴木」

首を振ってみせてから、森司は空を仰いだ。

「……どうしてかなあ。三十秒ほど前からおれには、世界のすべてが美しく映るんだ。肉体的疲労も精神的ショックも、すべて吹っ飛んでしまった。見ろ鈴木、空はどこまでも澄んで晴れわたり、満天の星は美しく、小鳥が可憐《かれん》にはばたいている」

「どう見ても曇ってますし、あれは蝙蝠《コウモリ》ですな」

鈴木は冷静に言った。

「隊員さん、この人の脳波、やっぱり念入りに調べたってください。……八神さん、こっちは部長も藍さんもいますよってね。なんも心配いりませんから、時間をかけて、隅々まで検査してもらいましょう」

11

両角巧と花澄が検査を終えて病院を出たのは、翌日の午後二時過ぎだった。

二人がホテルに戻ったのが三時。そして西脇から両角父に「残りの撮影および編集は、都内に戻っておこなう」と連絡が入ったのが、夜の七時過ぎであった。

「あれ、父さんは？」

両親の部屋に入って、巧は首をかしげた。いわゆるエグゼクティブツインルーム、というやつだ。

長期ロケを重ねてきたおかげで、ホテル暮らしにはすっかり慣れた。昔は一家四人がファミリータイプの一室に押しこまれるか、もしくは両親と花澄がスタンダードツイン、巧はシングルにと分けて泊まらされたものだ。

現在は地上波で冠番組を持っていた頃よりややグレードが落ち、エグゼクティブかクラブルームが多い。今回は両親、巧、花澄用の三部屋を押さえてあった。さすがに十五歳の花澄を、父や兄と同室にはできない。

「お父さんなら飲みに行ったわよ。遅くなるんじゃない」

母の芹恵《せりえ》が微笑んだ。

下ぶくれで色白のお多福顔だ。巧も花澄も父似のくっきりした顔立ちで、母の穏やかな顔立ちは受け継いでいない。

巧はたまに、「もし自分が母似のルックスだったなら、デビューできていただろうか」と考える。そうだったらいまの境遇ではなく、平凡でつつましい親子でいられただろうか——と。

「用事？　急ぐなら、スマホにかけてみれば？」

「ああ、いや、急ぐわけじゃないんだ。ごめん」

巧は笑みを返し、一歩退《さ》がった。

芹恵が独り言のように、

「やっぱりゲストルームがないと狭いわねえ。次はスイートに戻してもらいましょう。簡易バーがないのも不便だし、ジャグジースパもマッサージルームもないんじゃ、ちょっとねえ……」とぼやく。

巧は言葉に詰まった。

――なんと返していいか、わからない。

父も母も、廃墟《はいきょ》に閉じこめられた兄妹《きょうだい》のやりとりを聞いていたはずだ。なのに彼らはなにも言ってこない。父はホテルから逃げた。母はこうして、ピントはずれの言葉を投げてくるだけだ。

――いや、こっちの期待ばかり押しつけちゃいけない。

親とて人間なのだ、わかっている。

彼らが現実から逃げたがる弱さや、物欲に走る本能を否定してはいけない。何度も己に言い聞かせてきた。

しかし親のふがいなさを目の当たりにすると、巧の胸はいまだに痛んだ。

「べつに急ぐわけじゃないけど――、父さんが帰ってきたら、連絡して。話したいことがあるから」

「どうしても？」

「うん、どうしても」

昨日の廃墟でのやりとりと、スマートフォンでの録画映像。あれをそのまま配信したなら、花澄が〝普通〟ではないと世間にバレてしまう。

——編集前に、父に西脇と話を付けてもらわなくては。

さいわい配信はだいぶ先だ。編集にはたっぷり時間をかけるはずである。

いまのうちに花澄の意向も聞いておかなくちゃな——。口中でつぶやきながら、巧は母を見やった。ガウン姿でベッドに腰かけ、テレビを観ている母を。

巧の父は、シンプルな俗物である。求めるものは金、権力、女。車やクルーザーなどマッチョで誇示的なものが好きで、しごく単純な人だ。

——でも母のことは、いまもってよくわからない。

母の芹恵は巧にとって、ずっと「不思議な人」であった。派手に女遊びする夫にも、特殊な業界にいる息子にも頓着《とんちゃく》しない。娘にも、さほど興味がないようだ。

だというのに——いや、〝だからこそ〟だろうか——。

巧はこの母に、愛されたかった。

こっちを向いてもらいたかった。喜ばせたかった。もっと子供のときは、母に誉められたい一心で芸能活動をしていたように思う。いまでもその名残りは、胸の底にしんと居座っている。

「なあに？」

「あ、いや。なんでもない」

おやすみ、と告げ、巧はきびすを返した。

ドアノブを握り、まわしかけた刹那《せつな》。

ぞわり、と背すじを悪寒が走った。

尾骨からうなじまで、冷たいものが駆けのぼる。一瞬にして、頭皮から汗が噴き出す。

巧は振りかえった。そして、その場に立ちすくんだ。

母が、母でなくなっていた。

顔は変わっていない。ガウンを着て、ベッドに腰かけている。微笑んでいる。しかし眼が、表情が違った。

芹恵は首を真横に傾け、老人のように背をまるめて巧を見ていた。

母の眼ではない。巧は思った。母はあんなふうにぼくを凝視しない。あんな表情をしない――。だが、既視感があった。

現実で見た表情ではなかった。フィルムを通して観たのだ。映画やドラマのDVDで幾度も目にした、独特の表情。けして醜い容姿ではないのに、ふとした角度で、奇妙に歪《ゆが》んで見えるあの顔つき。

――捧、小枝子。

雷に打たれたように、巧は悟った。

終わってなんかない。あの廃墟での一夜は、なにひとつ解決してなどいないのだ。いや――これからが、本番だ。

すべては仕組まれた筋書きだった。

千野玲衣ではなかった。

あの廃墟を真に支配していたのは、捧小枝子だ。その証拠に、彼女はいまここにいる。ひりつくほどに、彼女を感じる。

母の中に小枝子がいた。その周囲に、彼女に引き寄せられた雑霊や浮遊霊が、無数にこびりついていた。まるで岩にびっしり貼りついた富士壺《ふじつぼ》だ。巧はぞっとした。

――くさびがほしいの。

母が、いや、小枝子が言った。

――この世にすがりついているための、新しい楔《くさび》が。

巧の脳裏を、映画『かさね』スタッフの言葉が駆け抜ける。

――捧さんは、『自分がこの世に生きた証《あかし》がほしい』と、よくおっしゃっていました。『わたしは生に貪欲《どんよく》なのよ。だからこうして映画に多く出て、自分の存在を世に刻んでおきたいの』と――。

いまの巧にはわかった。小枝子の思考が、手にとるように理解できた。

かつて大祥百貨店の回転扉やエレベータ事故で、怪我をした母子《おやこ》たち。傷を負った者たち。その傷をもって、小枝子はこの世に己のしるしを刻む。しるしは小枝子を此岸《しがん》にとどめ置く、楔の役目を果たすのだ。

巧には視えた。体の傷は治っても、その後、精神的に回復できなかった多くの母子たち。もう三十年も前だ。彼女たちはその後の人生を、ほぼ廃人同様に過ごした。

――その最後の楔が、いま病室で命を終えつつある。

巧は奥歯を噛《か》みしめた。

小枝子には新しい楔が必要だったのだ。

楔を失えば、捧小枝子もいつかは消える。うぞうぞと体にまといつかせた雑霊たちと同じように、いつかは個を失くし、捧小枝子とは呼べぬなにかに成り果ててしまう。

ぼくはだまされた。スタッフも、制作会社もだ。あの廃墟に踏み入るべきではなかった。あれは、触れてはいけない場所だった。

――誰だった?

巧はこめかみを押さえた。

そもそもの企画を、制作会社に持ち込んだのは誰だ。誰があの場所で撮影しようと言い出した。忘れ去られつつあった捧小枝子の名を、存在を、企画会議の俎上《そじょう》へと載せたのは、いったい誰だった?

父だ、との心の底で声がする。しかし父のはずはなかった。彼は巧のマネージメントはするが、心霊になどまるで興味がない。下調べや市場調査などしやしない。

そう、父の耳にその情報を入れてそそのかしたのは――。

「ご明察。あたしよ」

バスルームのドアが開いた。

巧は青ざめた顔をそちらへ向けた。だが見る前からわかっていた。この声。圧倒的な、その気配。

両角花澄が、そこにいた。

「花澄、おまえ……」

「小枝子さんと、取り引きしたの」

含み笑いしながら花澄が言う。

「新しい楔をあげる、ってね。その代わり、あたしの計画に協力してもらうよう、取り引きしたのよ。お兄ちゃん、そこで見ててちょうだい。これはあたしだけじゃなく、お兄ちゃんのためでもあるんだから」

なんのことだ、と巧は問いたかった。だが声が出なかった。喉《のど》の奥が干上がっている。そして花澄の言うことが、わからないはずなのに、心のどこかで理解できる。

げぼっ、と母が咳《せ》きこんだ。

何度かの激しい咳《せき》ののち、首をもたげる。

その顔は血の気が失《う》せ、真っ白だった。母だ。巧は悟った。

捧小枝子ではない。眼前にいるのは母の芹恵だった。だが芹恵の面《おもて》は、小枝子よりさらに激しい憎悪で歪んでいた。

「――化けもの」

芹恵は唸《うな》った。

「あたしに近寄るんじゃない。この、化けものども」

色のない唇が捻《ね》じれ、犬歯が覗《のぞ》く。

芹恵の双眸《そうぼう》は、その憎悪は、まぎれもなく彼女が産んだわが子二人に向けられていた。

「お気の毒」

そんな母をせせら笑い、花澄は兄へ首を向けた。

「お兄ちゃんは知らないでしょ？　でもあたしは調査会社を雇って、調べたの。この人の祖母は……つまり、あたしたちの母方曾祖母《そうそぼ》はね、巫女《シャーマン》だった。夫を赤紙で戦争に取られ、南方戦線で戦死したと報《しら》せを受けた。同じ戦死なのに兵役が短かったからと、恩給なんていっさいもらえなかった。曾祖母はしかたなく霊視で小銭を稼いで、娘と孫を養った。娘は三十を待たず病死したけれど、孫娘は生き延びた。——その孫娘が、この人。両角芹恵よ」

謳《うた》うような口調だった。

「でもこの人はね、曾祖母に感謝なんかしなかった。曾祖母が霊視で稼ぐ日銭でごはんを食べ、衣服をととのえ、学校に行けていたくせに、曾祖母を軽蔑《けいべつ》していた。他人からほどこしを受けるなんて屈辱だと思い、自分に屈辱を感じさせる曾祖母を憎んでいた。この人は曾祖母に対し、いつも陰口を叩《たた》いていた。——化けもの、と」

花澄は薄く笑った。

「霊視能力って、隔世遺伝なのかしらね。ともかく、曾祖母の力は実の娘と孫にはあらわれなかった。でも、曾孫《ひまご》に遺伝した」

それがお兄ちゃんとあたし――。花澄が言う。

芹恵の奥歯が、ぎりっと鳴った。

「お兄ちゃん、不思議に思ったことはなかった？　どうしてお母さんはなにをしても喜んでくれないんだろう。どうしてこっちを見てくれないんだろうって。……あたしたち、いつもお母さんの愛情がほしかったよね。お母さんは、『言うことを訊《き》かないと愛してやらないよ』って、言葉でなく態度で脅してくるのが巧《うま》かった。けれど『なにをどうしたら愛してあげる』とは、一度も伝えてくれなかった。条件次第で可愛がってくれるお父さんと、いつも微笑んでいるのに遠いお母さん。あたしたちは愛情のほどこし欲しさに、親のまわりを犬みたいにうろつくしかなかった」

愛情のほどこし――。

その言葉は、なにより巧の胸に刺さった。

妹の言うとおりだった。

小学生の頃から働かされてきた。同年代の友達は一人もいなかった。たまに学校へ行けば、いじめられた。殴られ、蹴《け》られ、嘲《あざけ》られた。なのに両親は「転校？　金がかかるから駄目だ」と、兄妹《きょうだい》を治安のよくない小学校へ通わせ続けた。

父は仕事を辞めてしまった。母は働く気などかけらもなかった。

家族四人の生計は、巧の双肩にずしりとのしかかった。

せめて高校に行きたいと言ったが、却下された。

「学費はぼくが稼ぐから」と巧は粘った。しかし「中学にもろくに通っていないおまえに、行ける高校なんかあるもんか」と父は笑った。母はその背後でスマートフォンをいじっていた。巧を、見もしなかった。

ほんとうは十五歳で引退し、調理師の道に進みたかった。なのにこっそり見た通帳の残高は、たったの二万二千円ぽっちだった。

あと三年、と巧は自分に言い聞かせた。

あと三年だけ、つづけよう。もしかしたら花澄が大学に行きたいと言うかもしれない。当座の生活費はもちろん、学費も貯めておかなきゃいけない。

そう決めた矢先、彼は自分の能力の衰えに気づいた。

時期をほぼ同じくして、父が妹をアイドルデビューさせようとし、失敗した。

父がもっとしっかりしていてくれたら。母がぼくらをちゃんと見ていてくれたら。幾度となくそう思った。思いながら生きてきた。

――愛情のほどこし欲しさに、親のまわりを犬みたいにうろつくしかなかった。

そのとおりだ。巧は片手で顔を覆った。

花澄が言う。

「お兄ちゃん、怪談『累ヶ淵』のあらすじを覚えてるよね？　累が早世した姉の助と生きうつしだったから、村人は『助がかさねて生まれてきた』と恐れ、彼女は〃るい〃ではなく〃かさね〃と呼んだ。──その人も、同じ」

花澄は、母の芹恵を指した。

「その人は曾祖母を嫌悪し、敵視していた。貧しさや惨めさを、すべて曾祖母のせいにして生きてきた。わが子に霊感があるとわかったとき、その人は思ったの。『因果だ。曾祖母がかさねて生まれたんだ』と」

花澄の目じりが、かすかに痙攣《けいれん》した。

「あたしたちがなぜ愛されなかったか、これでやっとわかったでしょ。──あたしたちは、悪くなかった。行儀がなってないとか、母の言いつけを聞かなかったとか、そんなんじゃなかった。お兄ちゃんは、生まれ持った力のせいで嫌われた。あたしは『二人目なんかいらなかったのに、夫が巧のスペアをほしがるから』という理由で、産み落とされた。──愛情なんて、最初から望んじゃいけなかった」

「ぐちゃぐちゃと、うるさいよ」

芹恵が吐き捨てた。

彼女自身の意思で発した言葉ではなかった。小枝子が彼女の箍《たが》をゆるませ、本音をこぼさせているのだった。

「……ぐちゃぐちゃ、ぐちゃぐちゃぐちゃぐちゃ、うるさい。うるさいガキども。子供なんて、産みたくなかった。汚くてうるさくて、おまけに祖母《ばあ》ちゃんそっくりの、ぐちゃぐちゃぐちゃぐちゃ、みっともない化けもの……」

芹恵の口から、よだれがひとすじ糸を引いて落ちた。

表情が弛緩《しかん》しきっている。おそらく意識はほとんどあるまい。

「お人よしなお兄ちゃんでも、さすがにわかったでしょ。あたしたちのお母さんはこういう人なの。ずっと、こうだった」

花澄は言った。

「――でもあたしたちは、もうこいつがいなくても生きていける」

妹は笑っていた。見たことがないほど、美しい笑みだった。

「今回の番組は、あたしの霊視者としての鮮烈なデビューになるわ。兄妹の愛憎と確執。その果ての和解。ね、世間さまがだーい好きな、お涙ちょうだいの筋書きでしょ？　お兄ちゃん、安心して。これからはあたしも一緒に稼げるからね」

花澄が小枝子と出会ったのは、二年前の夏だ。

家出して、あてどもなく歩き、あの廃墟《はいきょ》に引き寄せられた。

花澄は小枝子と契約を交わした。標《しるし》として、実母を差し出すと取り引きした。

計画には丸二年を要した。父を通して、元大祥百貨店を舞台に台本を書かせた。「一人にしたらまた自殺するからね」と脅して撮影について来たのも、スタッフに反抗的な態度をとったのも、すべて計画のうちだ。

「デビューなんか、したくなかったんじゃないのか」

巧はあえいだ。

「芸能界なんていやだから、三年も、親に黙っていたんじゃないのか」

「あれは嘘。親に言わなかったのは、あいつらのいいように利用されるのがいやだったからよ。お兄ちゃんの力を邪魔したそもそもの理由は、望みどおり引退させてあげたかったから。……お兄ちゃん、調理師になりたいんでしょ？　あたしたち、学歴も職歴もないもんね。稼ぐとなったら手に職をつけるか、芸能界みたいな変則的な世界で生きるしかない」

花澄はつづけた。

「お兄ちゃんを、あたしの計画に引きこむ気はなかった。お兄ちゃん、あたしと違って親に嘘つけないもん。お兄ちゃんには親を捨てきれない。――だから、あたしが代わりにやってあげたの」

ああそうか、と巧は悟った。

花澄が自分の能力を妨害したのは、「もうこれ以上、仕事はつづけていけない」と思わせるため、そして計画が途中でバレるのを恐れたせいだ。

甘ちゃんな兄の弱さを、花澄はよく知っていた。

一連の計画はすべて〝両角巧に、親を捨てさせるための通過儀礼〟であり、そのお膳《ぜん》立《だ》てだったのだ。

「お父さんは、まだ利用価値がある。だから生かしておいてあげる。お兄ちゃんはあたしのバックアップにまわって。その間に、調理師の勉強をすればいいわ」

巧は妹を仰いだ。

内側から発光しているかと見まごうほど、花澄は燦然《さんぜん》と美しかった。

その背後では、なかば白目を剝《む》いた母が、体ごとぐらぐらと揺れている。その体にはべったりと小枝子がしがみついていた。首にきつく両腕をまわし、例のいびつな笑みを満面にたたえている。

怖い——。巧は思った。

こんなに怖いのははじめてだ。

恐ろしい思いは無数にしてきたはずなのに、見たくないものはさんざん目にしてきたのに——。なぜだろう、いまこの瞬間、こんなにも怖い。

恐怖で視界が狭まる。

周囲の音が遠くなる。耳鳴りがひどい。

だが巧の耳はそのとき、ノックの音を拾った。

誰かがドアを、激しく叩《たた》いている。

「巧くん！」

誰だっけ、この声。巧は考えた。聞き覚えがある。でも、誰だっただろう。

巧は緩慢に振りかえり、ドアを見た。

「巧くん、開けてくれ！」

「お兄ちゃん、だめ！」

花澄が叫ぶ。

その声を背に、巧はノックに導かれるようにドアをひらいた。

突然ドアがひらき、森司は前へつんのめった。鈴木とともに、エグゼクティブツインルームの床へ倒れこむ。黒沼部長が、その脇をすり抜けて室内に踏み入った。

「やめて。邪魔しないで」

両角花澄が、泣きだしそうな声で言った。

森司は芹恵と捧小枝子を見ないよう、倒れたまま顔をそむけた。見なくてもわかる。彼女がそこにいるのが──愉《たの》しんでいるのが、痛いほど伝わってくる。

「この計画に、二年もかけたのよ。邪魔をしないで」

「ごめんね、花澄さん」

部長はすまなそうに頭を下げた。

「邪魔をする気はないんだ。でも、目的のために死者を利用するのはお勧めしない。彼らは、ギブアンドテイクなんて解しない。母親を捧《ささ》げたって、すっきりするのは一瞬だけだ。その一瞬のために、これからつづく長い長い時間を捧小枝子と共有するのは……危険すぎるよ」

「説教なんか、いらない」

花澄は首を振った。

「聞きたくない」

「説教じゃない。アドバイスだよ。芹恵さんは、きみの実母だ。もっとも近しい肉親だ。母親を捧げたら、きみは捧小枝子と一生手が切れなくなる。あまりに深く、濃い繋《つな》がりができてしまう。それでなくとも、きみは普通の人じゃないんだ。もともと彼らに近しいきみが、いま以上距離を詰めたらどうなるかわからない。――それに」

部長は一歩前へ進んだ。

「それにお兄さんは、きみとは違う。彼は親殺しに耐えられない。きみほど、精神的に強くない」

はじめて花澄の肩が、ぴくりと反応した。白い頬に迷いが走る。

部長はつづけた。

「親のためじゃない。お兄さんのためだ。きみは、ほんとはすごくお兄さんが好きなんだよね。わかるよ。きみを理解し、共感できるのはお兄さんだけだ。……彼を解放してあげよう。普通の十七歳にしてあげようよ」

長い沈黙があった。

やがて、花澄がぽつりと言う。

「――そうね」

巧が安堵《あんど》するのがわかった。目に見えて、彼の体から力が抜けた。

花澄は微笑み、言った。

「――でもやっぱり、こいつは許せない」

花澄は身をひねり、まっすぐに母親を指した。

森司は瞠目《どうもく》した。止める間もなかった。

捧小枝子が、芹恵を抱えたまま、窓から飛んだ。ホテルのぶ厚い窓ガラスが飴《あめ》細工のように砕けた。

破片とともに、芹恵が落下していく。

十七階だった。下は舗装されたアスファルトだ。むろん死はまぬがれない。それどころか、落下の衝撃で遺体が四散する恐れがあった。

だが芹恵の体は、約五メートル落ちたところで、わずかに弾んだ。

森司は窓に走り、下を覗《のぞ》きこんだ。

十五階の窓から窓に、転落防止用ネットが張られていた。このために部長は十五階の三部屋を押さえ、ボーイに多額のチップを弾まねばならなかった。

「いやあ、痛い出費だったよ」

黒沼部長が苦笑した。

「けど人命には代えられないからね。予定してたパソコンの買い替えを、来年に延ばすことにした」

ネットは、高所作業員が使う高強力ナイロン製だった。破片による傷以外、芹恵に怪我は見あたらない。

花澄は呆然《ぼうぜん》としている。

遠くから、サイレンが近づいてくるのが聞こえた。

部長は巧を見て言った。

「今回はぼくを含め、うちの部員が何人もしてやられたよ。でもこれで、なんとか汚名返上かな。――巧くん、お母さんは泉水ちゃんが引きあげておくね。ぼくらは退散するから、あとよろしく。救急隊には、貧血で落ちたとでも言っといて」

12

ネットテレビ番組『怪談・累ヶ淵の怪。映画撮影中に無念の死を遂げた女優の霊が、百貨店の廃墟をいまもさまよう……』は無事に配信された。

撮影中の事故、および両角花澄の出演が配信前から話題をさらい、ビデオリサーチが発表した視聴者数は約四十万、累計視聴数は千五百万を超えたという。

森司の携帯電話には、「サインは⁉」と景山からしつこくメールが届いた。

面倒なので、両角巧の名刺の画像――個人情報の部分ははずして撮った――を送りつけてやったところ、ぴたりと止まった。おそらくその画像を女の子に見せ、面目を保ったのだろう。

「おはようございまーす」

森司は引き戸を開け、いつもの挨拶《あいさつ》をした。

オカ研の部室もまた、常と寸分変わらない。長机の上座には部長が一人で座り、なかば開いた窓からは秋の涼やかな風が吹きこみ、こよみが淹《い》れていったらしいコーヒーが香っている。

部長は愛用のマグカップに三個目の角砂糖を投入して、

「ああおはよう、八神くん」

と応《こた》えた。

ノートパソコンのタッチパッドを、右手の中指でくるりと撫《な》でる。

「ちょうどよかった。ついさっき、両角巧くんからメールが届いたとこだよ。プライヴェートのアドレスからで『次からはこのアドを使ってください』だってさ。あとで八神くんにも教えるね」

「いや、おれはべつに……。で、なにか用でしたか？」

「用というか、報告だね。芹恵さんは見た目どおり、軽傷だったそうだ。だが退院後はずっと別居してるってさ。一方、花澄さんは兄とは違う事務所と契約を決め、事務所が用意したマンションに入居した。いまは大きな家に、巧くんとお父さんだけが住んでるみたいだよ。『ぼくが夕食をつくるようになったら、父が毎晩帰ってくるようになって、なんだか変な気分です』だって」

「ちょっと楽しそうですね」

森司は苦笑した。部長がうなずいて、

「それで、ついこの間までは北海道でロケだったらしくてね。六花亭のストロベリーチョコセットを部室宛てに送ってくれたそうだ。明日には着くんじゃないかな。ストロベリーチョコのホワイト、こよみくんが大好きなんだよねえ」

でもぼくはどっちかっていうとミルクが——と部長が言いかける。

森司は慌てて咳《せき》ばらいして、

「あ、あのですね、部長」

「ん？」

「できれば、そのう、いまのような情報を……灘の食の好みに関する情報をですね、さりげなくいただけたら嬉《うれ》しいのですが」

「ああそうか。八神くん、あの子を食事に招待したんだもんね」

部長はあっさり言った。

森司は一瞬の沈黙ののち、眉《まゆ》がしらを指で押さえた。

「……ええと、部長が地獄耳なのはいまさら驚きません。驚きませんが、その情報を、いったいどちらから入手されたんでしょうか」

「いや、こよみくん本人から聞いたの」

部長の返答は、やはりよどみなかった。

「あ、怒らないであげてね。そうとう嬉しかったみたいで、〝黙っていたいのに、ついぽろぽろ洩《も》らしちゃう〟って様子だったよ。浮かれないよう自制しながらも、『自宅でのお食事だから、普段着で行くべきでしょうか』、『お洒落《しゃれ》していくと張りきりすぎだと思われるでしょうか。重いでしょうか？』って真面目に訊《き》いてくるからおかしくってさ。あ、部員以外には洩らしてないはずだから、ほんと怒らないであげて」

「お、おれが灘に怒るわけないじゃないですかあ」

これでもかというほど眉を下げて、森司は言った。

「逆はあっても、それはあり得ないですよ」

「まあそうかもね」

「そ、それより、さっきの話のつづきです。部長はおれより、灘との付き合いがずっと長いじゃないですか。彼女の食の好みだってよく知ってるはずでしょう」

「と言われてもなあ」部長は考えこんだ。

「こよみくん、とくに好き嫌いないよ。アレルギーもなかったはず。強いて言えば『甘い梅干より、昔ながらの酸っぱいほうが好き』とか、『固く茹《ゆ》ですぎた黄身は苦手』とかそのくらいで……」

「それです！」

森司は叫んだ。

「おれがほしいのは、まさにそういう情報です。ちょっと待ってください、メモ帳、いや携帯で録音を――」

あたふたと森司が帆布かばんを探ったとき、引き戸が開いた。

入ってきたのは、黒沼泉水であった。

眉間《みけん》に刻みこんだような皺《しわ》が寄っている。ただですら厳《いか》めしい顔が、凶相じみている。

「どうしたの、泉水ちゃん」

のんびりと部長が問う。

泉水は丸めた情報誌を彼に手渡した。書店で配っている、無料情報誌である。

「――三十七ページ目を見ろ」

「へ？」

部長がページをめくっていく。森司もその手もとを覗きこんだ。途端、ぎくりと肩が強張《こわば》る。

両角花澄が載っていた。

『あの霊能者タクミの妹、美少女霊能者として鮮烈デビュー』との見出しの横に、彼女の写真が大きく掲載されている。

「泉水さん、これ……」

「ああ」泉水が舌打ちする。

森司は啞然《あぜん》と誌面に見入った。

両角花澄は美しかった。水を得た魚のごとくいきいきと写っていた。はじめてスポットライトの中心に立った誇りと悦《よろこ》びで、全身が輝いていた。にもかかわらず――。

その顔は、わずかにいびつだった。

肉眼でははっきりととらえきれない、独特の表情。容姿の美醜とは関係なく、ふとした角度でいびつに見える顔つき。

——捧、小枝子。

まぎれもなく、捧小枝子の表情であった。

泉水が嘆息する。

「最後の最後に、母を『許せない』と言いきったあの瞬間に、両角花澄の命運は決まっていたんだな。すでに母親の生死どうこうで左右できるもんじゃなかった。……くそ、今回はなにからなにまで完敗だぜ」

「だね。こういったケースは、ぼくたちにはどうにもできない」

部長が声を落とした。

「花澄さん本人が選んだ道だ。ぼくたちは一介の大学生で、個人の選択をとがめる権限なんてない。せいぜい、兄の巧くんに忠告する程度かな。でも兄妹《きょうだい》で事務所が分かれてしまったいま、彼にどれほどの発言権があるのか……」

窓から、ふいに強い風が吹き込む。情報誌のページが音をたてて乱れ、両角花澄の記事を隠してしまう。

森司は思わずため息をついた。

冷えた風も、秋花の香りも、いまはひどく苦かった。

第二話　渇く子

HAUNTED CAMPUS

1

その女子学生は、いたって真面目そうに見えた。

「小山内陣《おさないじん》さんの紹介でうかがいました、歯学部二年の稲生藤乃《いのうふじの》と申します」

小山内は同じく歯学部の、二年連続『ミスター雪大』に輝いたことで有名な学生である。そのきらきらしい小山内と、藤乃はじつに対照的だった。

ベージュのコットンパンツに、茄子紺《なすこん》の無地ニット。同じく紺のスリッポン。染めた様子のない黒髪はざっくり整えたショートボブだ。眼鏡越しに物怖《ものお》じせず見つめてくる瞳《ひとみ》が、森司に〝元学級委員長の女子〟というフレーズを連想させる。

藤乃は白い化粧箱を差しだして、

「こちら、お菓子です。お金の報酬でなく、お菓子の差し入れを喜ばれるとお聞きしたので……」

「うん、その情報で合ってる」

にこやかに答えたのは、黒沼麟太郎部長である。

「さっそくいただいていい？　あ、『薫風堂』のモンブランタルトだ。これって十一月だけの、一日五十個限定販売なんだよね。八個も買えたんだ？　そうとう朝早くから並んだでしょ」

「あ、はい。でも夜勤明けに並んだら先頭に立てたので、ある意味ちょうどよかったです。『薫風堂』から近いコンビニで、朝五時まで深夜勤をしているので」

「女子で深夜のバイトか。偉いなあ」

部長は嘆息した。

「うちにも苦学生でバイト漬けの部員がいるけど、二人とも男子だよ。首都圏の私立大学生への仕送り額は十五年連続で減少してるっていうし、世知がらいねえ。とはいえこのタルトは、ありがたくいただきます」

と頭を下げてから、

「ええと、大きめだからナイフもほしいかな。八神くん、人数ぶんのケーキナイフってある？」

こよみの横で、カップを揃えていた森司に訊く。

「あると思います」森司は片手を上げて応《こた》えた。

淹《い》れたてのコーヒーの香り。背後から漂うタルトの甘い匂い。そしてこの角度から見える、端整なこよみの横顔。

ああ、いつもどおりだなあ――。森司はほっとした。

先日まで心霊番組だのロケだのエキストラだの、変則的な事件にかかわっていたから、平和な日常が心底ありがたい。「やっぱりわが家がいちばん」的な安心感を覚えてしまう。

　森司がフォークとナイフをセッティングし、こよみがコーヒーを配り、鈴木と部長がケーキを配膳《はいぜん》して、ようやく人心地がついた。

　モンブランタルトは、なるほどナイフを要する大きさであった。生地に刃を入れ、さっくり縦割りにしてみる。大粒の栗がまるごと二個入っていた。さらにカスタードクリームとマロンクリームが、厚い二層になっている。

　部長はぺろりと一個たいらげて、

「うーん、さすが。濃厚なのに甘さがくどくない。さて脳に糖分が行きわたったところで、稲生さんから話をしてもらおうか。あ、もちろん食べながらでいいからね」

「えっ、あ、はい」

　タルトを頬張ったまま、藤乃は口を手で覆ってうなずいた。落ち着いて見えるが、甘いものに目がないようだ。

「じつはですね」

　藤乃はナプキンで口を拭《ふ》き、コーヒーをひとくち飲んでから、

「たぶん幽霊、だと思うんです。幽霊が――外から覗《のぞ》くんです」

と言った。

　さらに一拍の間を置いてから、「あっ」と自分の言葉に目を見ひらく。

「すみません。この言いかたじゃ、いやらしい意味みたいですね。ええと、そうじゃなくて、相手は子供なんです。子供の幽霊が、ガラス越しに、外からこう……」

ガラスに両の掌を付け、覗きこむジェスチャーをはじめる。

お堅い第一印象が崩れてきたな、と森司は思った。しかし悪い崩れかたではない。その慌てぶりが愛らしいというか、意外な幼さが微笑ましい。

部長も同じ思いらしく、

「大丈夫だよ。通じてるから、稲生さんのいいようにゆっくりしゃべって」

と笑顔でうながす。

「はい」

藤乃は頬を赤らめた。ややあって、仕切りなおすように決然と顔を上げる。

「では、順を追ってお話しさせてください。説明がうまくないので、まどろっこしいかもしれません。そもそものはじまりは——そう、今年の八月に、わたしの祖母が亡くなったことなんです」

藤乃は眼鏡の奥から、まっすぐに部長を見据えた。

藤乃の祖母は、夏のさかりに他界した。

享年八十七。五年前に脳卒中で倒れて以後は半身が不自由だったが、子供たちの同居要請を断り、最後まで独居をつらぬいた。

その意志を支えたのは、おそらく家主だった亡夫への想いと、強い信仰心だろう。

祖母の辰子《たつこ》は、出家していた。尼だったのだ。

辰月辰日辰の刻に生まれたからその名が付いた辰子は、ごく幼い頃、

「この子は龍のご加護で、女にしては運が強すぎる。夫の運を食ってしまうから、結婚するべきではない」

と占い師に宣告されたという。

その易占を笑いとばして結婚を決めた夫に、辰子は生涯感謝していた。

残念ながら、夫は四十代にして病で亡くなった。辰子は四十九日法要を終えるやいなや、出家を決めた。いっさいの再婚話を拒むためであった。

彼女は息子たちを連れて寺に入り、師僧に仕えた。数年の修行を経てのち、得度式を受けて正式に尼僧となった。

寺を出て家に戻ったあとは、坐禅《ざぜん》指導などをしながら、つましく暮らした。近隣の住民には「八幡町《やはたちよう》の庵主《あんじゆ》さま」と呼ばれ、親しまれていた。

藤乃はそんな祖母が好きだった。

「うちのお祖母《ばあ》ちゃんは、よそのお祖母ちゃんと違う」

と幼い頃から誇らしかった。きれいに剃刀《かみそり》を当てた頭も、亡夫の着物を仕立てなおしたという作務衣《さむえ》も、ぴんと伸びた背すじも、すべてが清廉に映った。

藤乃の父が勤める会社は、転勤ばかりだった。しかし藤乃が五歳から十歳までは、祖

母のそばで暮らすことができた。

「大きくなったら、お祖母ちゃんのお隣に家を建てて住むからね。だから、それまで元気でいてね」

藤乃がそう言うたび、辰子は無言で微笑んでくれたものだ。

だが願いはかなわなかった。

八十の坂を越え、辰子は脳卒中に見舞われた。重い卒中だった。大脳半球に障害が残り、辰子は半身麻痺《まひ》の身となった。

辰子が倒れたとき、藤乃は家族と千葉県に住んでいた。まだ中学三年生だった。見舞いに通いたかったが、千葉から新潟は、中学生の小遣いでおいそれと行き来できる距離ではなかった。

ほかの伯父《おじ》たちも、県外に居を構えていた。誰が祖母を引きとるかで、父と伯父たちは連日話し合った。

だがその必要はなかった。辰子がわが子の世話になるのを拒んだからだ。

気丈な老尼は車椅子と杖《つえ》を頼りに、愛するわが家での独居を通した。

さすがに入浴介助や買い物代行にはヘルパーを頼った。しかし死の間際まで一人でトイレに行き、近隣の住民となごやかな交流をつづけた。知能や認識能力には、いささかの衰えもなかった。

卒中から三年後。

藤乃は迷わず、故郷の国立大学を進路に選んだ。

彼女は成績優秀だった。雪大医学部はB判定、歯学部はA判定だったため、親と相談して歯学部に決めた。

結果、あぶなげなく合格。辰子はわがことのように喜んだ。

しかし孫娘が「お隣に家を建てて住む」まで、彼女は待ってくれなかった。盂蘭盆《うらぼん》の直前に、辰子は眠るように息を引きとった。

遺言は「貧しい暮らしで、遺《のこ》せるものは家屋敷くらいしかない。手入れをしながら住んでくれるのは藤乃ちゃんくらいでしょう。藤乃ちゃんさえよければ、どうかこの屋敷をもらってほしい」

藤乃の父は三男坊で、しかも藤乃は次女である。法定相続の優先順位からいって、おかしいのでは――と藤乃はためらった。だが驚いたことに、伯父伯母《おば》も従兄弟《いとこ》たちも、手ばなしで賛成した。

「母さんの遺志どおりにしてやりたい」

「おれたちにとっても思い出の家だ。取り壊さずに、住んでもらえたほうがありがたいよ」

「この家をいちばん好きだったのはお義母《かあ》さんで、二番目が藤乃ちゃんだったものねえ」

と、伯母にいたっては涙ぐんでさえいた。

相続の手続きを終え、入居できたのは十月のはじめだ。

たった二月《ふたつき》家を空けただけで、庭は雑草が茂り放題だった。台風のせいだろうか、網戸から網が剝《は》がれ、窓ガラスは泥だらけになっていた。水道をひねると、濁った赤い水が出た。

とはいえ慣れた屋敷だけあって、居心地はよかった。夜ともなると、庭のあちこちから涼やかな虫の声が響いた。

風の通りがいい。陽あたりだって悪くない。おまけに近隣住民は、

「あら藤乃ちゃんじゃない。おかえりなさい」

「庵主さまはお気の毒だったねえ。これ、わさび菜のおすそわけ」

と、いたって好意的だった。

住民の中には、コンビニのオーナーもいた。

「深夜勤の子が一人抜けて、いまはおれが入ってるんだ。しかたないことだが、眠くてしょうがないよ」とのぼやきを聞き、即座に藤乃はバイトに立候補した。履歴書を出すまでもなく、その場で採用が決まった。

——対人関係は良好。住まいに不満はない。バイト先まで決まった。

藤乃は実家の母に、意気揚々と電話で報告した。

「この家、気に入っちゃった。庭の草むしりは大変だけど、まわりがみんなやさしいの。きっとうまくやっていけると思う」

稲生辰子の屋敷は、何度か改築を経ている。とくに卒中後は車椅子用にスロープをつくり、畳からリノリウムに張り替えと、大幅なリノベーションをおこなっていた。

だが水回りは例外だった。とくに浴室は古かった。

やはり介助ヘルパーだけでは、いろいろと行き届かなかったのだろう。床と壁のタイルには黒黴《くろかび》がはびこっていた。真四角の古めかしい浴槽は、体育座りでないと浸《つ》かれないほど狭かった。

藤乃は『浴室　自力　リフォーム』のワードでネット検索し、DIY本を図書館から借りて奮闘した。

新しい浴槽は、展示場の払い下げ品を譲り受けることができた。壁と床には黴とり剤を噴霧した上で、バスパネルを重ね張りした。照明を替えた。小物が置ける棚をつくってくれた。古い浴槽の撤去と給排水のセッティングは、ご近所の専門家が安価で引き受けてくれた。当然リフォームの間は入浴できなかったため、自転車で八分のスーパー銭湯に通った。

そうして、十七日間の奮闘の末。

藤乃は待望の入浴を楽しんでいた。

浴槽は足を伸ばして座れる広さに変わった。壁はオフホワイトの煉瓦《れんが》模様になり、照明は半身浴しながら読書できる明るさになった。

——なによりいいのが、この窓だ。

うっとりと藤乃は目を細めた。

稲生家の浴室には、リノベーション前から大きな窓があった。裏手の竹林に面しており、季節を問わず、窓越しの緑が美しい。

竹林は辰子の所有、いやいまは藤乃の所有地だ。その向こうには高い板塀がそびえている。防犯上ほぼ問題なく、かつ開放感あふれた造りであった。

「やっぱり大きい窓があるお風呂《ふろ》っていいなあ。温泉旅館みたい。おまけにすぐ向こうが竹林だなんて、癒《いや》し効果——……」

抜群、と言いかけた藤乃の声が途切れた。

窓の向こうから、視線を感じたせいだ。

まさか、と一瞬思う。

まさか覗《のぞ》き？　痴漢？　でも、どこから入ってきたのだろう。門扉の鍵《かぎ》は閉めたはずだ。もしや塀を乗り越えたのだろうか？

携帯電話を脱衣所に置いておくべきだった、と藤乃は悔やんだ。出てから一一〇番しても間に合うまい。痴漢を捕まえるには、現行犯逮捕が原則のはずだ。それにしても、どこの男だろう。ご近所であってほしくはない。せめて行きずりの犯行でありますように——。

めまぐるしく思考を回転させながら、藤乃は浴槽に顎《あご》まで沈んだ。

おそるおそる、眼球だけを横に動かす。

見たくはなかった。だが、見なくてはなるまい。目で特徴をとらえておかなければ、あとで警察に証言ができない。

藤乃は覚悟を決め、視線の主を見た。

途端にぎくり、と体が強張《こわば》る。

藤乃の想像とはまるで違うものが、そこにいた。

それは大人の男ではなかった。青年や、少年ですらなかった。

ガラスにぺたりと、ちいさな掌がふたつ押しつけられている。光る瞳《ひとみ》が、やはりふたつ見えた。だが顔そのものはひどく曖昧《あいまい》だった。輪郭がぼやけて、湯気のように頼りなく揺れている。

子供に見えた。ひどく痩《や》せているせいで、歳の頃がわかりにくい。しかし八歳以上とは思えなかった。

ざんばらに伸びた蓬髪《ほうはつ》。垢《あか》でうす汚れた顔と手。骨と皮ばかりの体に、ぼろきれのような着物がかろうじてまとわりついている。あきらかに現代の子供ではない。そしてあきらかに、生きているものではなかった。

藤乃は温かい湯の中で、凍りついていた。

動けない。目をそらせない。声帯が喉《のど》の奥で縮こまり、悲鳴すら上げられなかった。

唐突に、ふ、と気配が消えた。

弾《はじ》かれたように藤乃は立ちあがった。

窓の縁を摑《つか》み、ガラスの向こうを凝視する。だがなにもいなかった。緑の竹林が静かに広がっているばかりだ。葉擦れのほかは、野良猫の足音すらしない。

「さ――、錯覚？」

つぶやいて、ふたたび浴槽に沈む。

湯が跳ねる音が、やけに耳に付いた。その音にようやく理性が戻る。藤乃は、ゆっくりとかぶりを振った。

「そうよね。そんなわけないわよね……。錯覚……いえ、見間違い？」

ここは尼僧だった祖母の家だ。禍々《まがまが》しいものが寄りつくわけがない――とまで考えて、いや、と打ち消す。

祖母の屋敷だからこそ、あの子はここに来たのではないか。祖母に成仏させてほしくて、たとえばお経をあげてほしかったとか、いやそれとも、祖母がいなくなったからこそ、好機と見たなにかが一気に押し寄せて――。

「まさかね」

藤乃は笑った。

まさか、そんなことがあるわけない。藤乃は心霊や超常現象の否定派ではないが、かといって強く信じているわけでもない。

きっと疲れが見せた幻覚だ。広い家での一人住まいの心細さが、肉体的疲労とあいまって幻を生んだのだ。

「大丈夫よ。ここはお祖母《ばあ》ちゃんの家だもん、大丈夫……」

己に言い聞かすようにつぶやきながら、藤乃は浴槽から立ちあがった。


コンビニの深夜バイトに向かったのは、一時間半後だった。

藤乃はショートスリーパーである。四時間眠れば充分で、五時間以上の睡眠はむしろ頭痛を引き起こす。この体質を生かして、バイトは時給のいい夜勤にしようと最初から決めていた。

バイト先であるファミリーマートは、家から徒歩二分だ。夜十時から翌朝五時までのシフトで、他大の男子学生もしくはオーナーの甥《おい》っ子との二人態勢である。

平日でも、たいていは午前一時ごろまで忙しい。しかし二時半を過ぎると、客足はほぼ途絶えてしまう。

国道沿いに建つコンビニなら、深夜の客は多いらしい。夜通し走る宅配や、輸送トラックのドライバーが立ち寄ってくれるからだ。だがこのファミリーマートは住宅街にあり、夜中から早朝に来る客が二桁《ふたけた》にのぼることはまずなかった。

暇な時間は「自由にしていていい」とオーナーから言われていた。

だから藤乃は一時間ごとに相棒と交代し、バックヤードで勉強したり読書したり、勉強に行き詰まったら気分転換に掃除をしたりと、おおむねゆったり過ごせた。

コンビニの業務は多岐にわたる。煙草の銘柄と番号、公共料金の支払い、宅配便の取り扱いと、覚えることは山ほどある。とはいえいったん覚えてしまえば、あとの作業はほぼルーティンだ。マニュアルがしっかりしているから、沿って動けばいいだけなのもありがたい。

——自宅から近いし、これは最高の職場かも。

などと悦に入りながら、藤乃は雑誌のコーナーラックに雑誌を並べていた。

週刊誌の見出しを眺めては、「へえ、あの政治家、汚職で逮捕されたんだ」、「この収納術の特集いいな、買っちゃおうかな」とひとりごちる。

ガラスの前を、ふっとちいさな影が走った。

藤乃は思わず顔を上げた。そして、目を疑った。

ガラスのすぐ向こうは店の駐車場だ。二十台ほどが駐《と》められる広さである。いまは客がいないため、オーナーの甥っ子が乗ってきた自転車が置いてあるきりだ。

その無人の駐車場で、子供が遊んでいた。

藤乃は壁の時計を見上げた。午前二時二十五分。

七、八歳の女児だった。親の姿は見あたらない。赤い長袖《ながそで》Tシャツにデニム。長い髪をふたつに分けて、ゴムで結っている。跳ねるたび、髪が上下に大きく揺れる。

街灯がちいさな背中を照らしていた。一人で石蹴《け》り遊びをしているらしい。この角度から、顔はよく見えない。

——あれは、生きている子供なのだろうか。

そんな思いが脳裏を駆け抜けた。

数時間前に、浴室で見たばかりの男の子を思い出す。

――ほんものの子供なのか。わたしの目にしか、見えていないんじゃないのか。

「ね、ねえ、あの子……」

振りかえりかけて、相棒はバックヤードにいるのだと思い出す。首を戻した刹那《せつな》、藤乃は息を吞《の》んだ。

女児が立ちどまり、こちらを見つめていた。

冷えた瞳だった。藤乃を観察するような、思考を探るような、奇妙に大人びた双眸《そうぼう》だ。息づまるような時間が流れた。

やがて女児は、きびすを返した。

駆けていく。街灯の照射範囲を超え、ちいさな背中が夜闇の向こうへと消えていく。

「……ごめん稲生さーん、寝すごしちゃったよ。交代しよっか？」

バックヤードから出た相棒の寝ぼけ声が、背中に聞こえた。

藤乃は返事もできず、しばしその場にしゃがみこんだまま動けなかった。

だがさいわいその後は、交代要員が来るまで異状はなかった。

タイムカードを押し、店外へ出る。

時刻は午前五時十五分。あたりを見まわしたが、もちろん女児の姿はなかった。物音といえば、遠くで新聞配達のバイクが走っている音だけだ。

秋の早朝はしんと冷えて、うっすら靄《もや》がかかっていた。

藤乃はカーディガンの衿《えり》をかき合わせ、家までの道を走った。べつに急ぐわけではない。でもなぜか、じっとしていられなかった。

――いったいなにが幻で、なにがほんとうなのだろう。

わたしはそんなに、精神的に疲れているのだろうか。それとも脳障害の一種や、病変の前ぶれ？　まさかわたしも祖母のように、卒中で倒れてしまうのか？

藤乃は自宅に駆けこみ、施錠した。門扉もしっかり鍵を閉めた。

鏡を見て己の目と顔つきを確認し、手を数回握ってひらく。よかった、病変の予兆はないようだ。ほっと息をつく。

――すこし眠ろう。

やはり睡眠が足りなかったのかもしれない。今日の講義は二コマ目からだ。ぎりぎりまで、寝《やす》んでおくとしよう。

藤乃は台所へ向かった。

喉が渇いていた。水を飲んで、かるく手と顔を洗って、それから寝床へ行こう。そう自分に語りかけながら、引き戸をひらく。

蛇口をひねり、水をコップで受けた。

コップを口へ持っていきかけたとき――藤乃は視た。

目の前の窓ガラスに、突然、向こう側から掌が押しつけられた。子供のちいさな、だが汚れた両の掌だ。

次にあらわれたのは眼だった。

ざんばらの蓬髪《ほうはつ》と、輪郭がぼやけた曖昧《あいまい》な顔だ。その中で、双眸だけが鈍く光っていた。

顔は霞《かす》んでいる。なのに、なぜか着物が見えた。粗末な筒袖だった。帯ではなく、荒縄でくくってあった。はだけた衿の合わせ目で、薄い胸に肋骨《ろっこつ》が浮いていた。

藤乃は感じた。

その子は、激しい怒りを発散していた。

孤独と悲哀と、渇望とがない交ぜになった怒りだった。だがなぜ自分に怒気が向けられるのか、わからなかった。わからないだけに恐ろしかった。

藤乃は体を引いた。ようやく、口から短い悲鳴がほとばしった。コップが音をたててシンクに落ちる。

子供の気配がかき消えた。

――幻覚では、なかった。

呆然《ぼうぜん》と藤乃は思った。

浴室で見たあれも、そしていまの光景もだ。幻なんかではない。あの子は、怒りをもってこの家に、わたしの前へあらわれている。

だが理由はやはり、見当がつかなかった。

藤乃はコップを拾いあげた。さいわい割れてはいない。コップを握ったまま、そっと窓を開けてみた。

しかしそこには、敷地と隣家を隔てる竹林と塀があるだけだった。

朝靄の向こうで、さやかに風が揺れた。


「――と、いうわけなんです」

藤乃は話を締めくくった。

「ふうむ。なかなか謎めいてるね。尼だったお祖母《ばあ》さん、怒れる謎の子供――か」

部長は顎《あご》を撫《な》でて、

「で、その子供は、いまも家のまわりに出没しているの？」と訊《き》いた。

「いまもというか……二度ほど、その後も姿を見ました。でもはっきり視えたのは、あの日が最後です。なにか言いたいことがあるようなんですが、それがわからないから怖くって」

「ですよね。女子の一人住まいでそれは怖い」

森司は相槌《あいづち》を打った。鈴木も同意して、

「いきなり怒りをぶつけてくる、いうのがやばい感じしますな。亡くなったお祖母さんとの関係も気になりますし」と言う。

「享年八十七ということは、昭和一桁《ひとけた》の生まれだもんね。うん。お祖母さんの昔馴染《むかしなじ》みという線は十二分にあり得る」

部長はうなずいた。

「じゃあこれから稲生さんのお宅に、お邪魔させてもらおうか。泉水ちゃんはまだ戻ってこないけど、なあに、八神くんと鈴木くんの二人がいれば大丈夫だよね」

2

稲生邸は、古びた屋敷が立ち並ぶ通りの端に建っていた。

家そのものは小体だが、背後に竹林を有しているため敷地は広い。緑に囲まれた木造平屋に、円形の障子窓が庵《いおり》のようで、なるほど尼僧の住処《すみか》にふさわしい佇《たたず》まいである。

「お邪魔します」

門を部長、森司、こよみ、鈴木の順でくぐり、屋敷へと入る。

「祖母が住んでいた頃は門扉がなかったんですが、リフォームで取りつけました。玄関なんて、引き戸に捻《ね》じ締まり錠だけだったんですよ。でも女の一人暮らしでそれは危ないと、サムターン式の鍵《かぎ》を後付けしました」

「稲生さんが自分でやったの？　たくましいなあ。しかも巧《うま》い」

黒沼部長はリフォーム跡をためつすがめつし、感心しきりだった。

「門扉がなかったり、鍵が簡素なのは辰子さんの方針だったのかもね。町の庵主《あんじゅ》さまとして、誰でも入れるひらけた場を心がけていたんだろう。でもいまは稲生さん一人なんだから、鍵を増やして正解だよ」

と言ってから、森司を振りむく。

「どう、八神くん？　いまこうしてる間にも、子供の霊が物陰からこっちを見てたりなんてする？」

「いえ」森司はかぶりを振った。

「子供の姿は、とくに視えません。着物姿の痩《や》せた男の子も、赤いロンTの女の子もいないです。でも、この家……いや、この土地かな。全体に妙な感じがします」

「ですね。土地やと思いますわ」

鈴木が同意した。

「幽霊というほどのもんやのうて、なんやろな。古い思念が、べったり深く染みついてますね。つらいとか苦しいとかの負の感情と……それから、この付近でようさん人が死んだん違いますか。たぶん、この屋敷が建つ前のことでしょう」

「なるほど、土地ね」

部長が藤乃に向きなおる。

「稲生さん、ここが昔なんに使われていた場所だったか、お祖母さまから聞いたことはある？　たとえば代々の墓地だったとか」

しかし藤乃は、困惑顔で首を振るのみだった。

部長は腕組みした。

「そっか、じゃあ調べるしかないな。……まだ昼の三時だしね。ちょっと法務局まで行ってみようか」


だが法務局で閉鎖謄本を取ってみても、たいしたことはわからなかった。

かの地は稲生辰子の夫が購入する前は、不動産業者の所有地だった。業者は公売により権利を買いとったらしく、その前はただの農地および竹林である。なにかの跡地だの、墓地だのといった怪しげないわくは見あたらない。

「前の前の所有者が税金滞納の果てに、土地を国に差し押さえられたのち、公売で不動産屋が取得。さらにそれを稲生家が購入した——って流れらしいね」

黒沼部長が言う。

「ただの農地と竹林で、人がたくさん死ぬってあり得ますかね？」

森司は首をひねった。

「まあないとは言いきれないでしょ。というか背景も時代もわからないことには、なんとも答えられない」と部長。

こよみが眉根《まゆね》を寄せて、

「手がかりは〝粗末な着物姿〟ですね。でも意外と洋服って、ごく近代まで一般市民に普及していないんですよね。コンビニの駐車場にいた女の子のほうは現代的な服装で、年代がばらばらなのが気になります。それとお祖母さまの辰子さんが、同じ子供の霊を目撃していたかも知りたいです」

「それだ」

部長が指を鳴らした。

「くだんの子が、なにかの目的で屋敷に吸い寄せられた霊だと仮定しよう。もし辰子さんもその子を視ていたなら、誰かに事情を一つ二つこぼしたかもしれないね」

はたして予想は当たっていた。

藤乃にわさび菜をおすそわけしたお隣さんは、生前の辰子を足しげく訪れていたそうで、

「ああ、そうそう。何年前かに庵主さまからお聞きしたわ。『このあたりで子供が迷っているようでねえ』って——。あ、迷子って意味じゃないのよ。あの世にまっすぐ行けなくて、成仏しきれない霊がさまよってるって意味らしいの。『お経を上げたけれど、それだけでは足りないらしい。力及ばずで申しわけない』って、たいそう悩んでなすったわ」

と塀越しに語ってくれた。

「庵主さまは、ほら、卒中をやってお体が不自由になったでしょう。それ以来『生身の

感覚を失ったぶん、前よりずっと〝視えないもの、聴こえないもの〟が感じとれるようになった』と言っておいでだったわ。でも子供の件どうこうは、うまく解決できなかったようでね。けっこう長い間、気に病んでなすったわねえ。『わたしは子供の扱いが巧くないみたい。せっかく頼ってきてくれたのに、嫌われてしまったわ』なんて、苦笑いしてらして――」

「祖母がですか？」藤乃が口を挟んだ。

「まさか。祖母は子供に嫌われるような人じゃ……」

「ああ、もちろんよ」

お隣さんは慌てて言い添えた。

「もちろん庵主さまはご立派なかたよ。違うの。そういうんじゃなくてね、もっとこう、冗談めかした感じでおっしゃっていたの。……うーん、とはいえ、半分本気って感じではあったわね」

考えこんでから、「あ、そうだ」と彼女は手を叩《たた》いた。

「そういえば『二丁目のご隠居に、例の子供の件でお知恵を借りたい』っておっしゃってたわ」

「知恵というと？」部長がうながす。

お隣さんは首を振った。

「そこまでは知らないの。だってそのご隠居さんって、いっつも小難しいことばっかり言ってる人なのよ。あたしみたいなお婆ちゃんには、ちんぷんかんぷん。だから突っこんでは訊かなかったのよねえ。ごめんなさいね」

3

二丁目のご隠居こと苗代《なえしろ》は、引退した元教師だった。趣味で郷土史を編纂《へんさん》して自費出版しているそうで、通された部屋は天井まで届く本棚が四つも並んでいた。

「ああ、八幡町の庵主さまか。うんうん、何度か訪ねてきてくださったよ。なんでも、いまお住まいの土地の小字《こあざ》が知りたいとかでね」

「小字？」

思わず問いかえしたのは森司だ。

苗代は微笑んだ。

「そう。土地の住所で大字ナントカってのがあるだろう。あれと同じ地区名の総称だが、いまはとんと使われなくなってしまった名称が小字だ。大字が地域単位の名称なのに対し、小字は一筆耕地が集合したものを指す。さかのぼれば平安《へいあん》時代の荘園文書まで行きつくらしいが、まあ現代じゃわたしみたいな物好きしか見向きしないね」

「でも、稲生辰子さんは興味を持たれた」

部長が笑顔で膝《ひざ》を進めた。

「さきほども名乗ったとおり、こちらの藤乃さんは庵主さまのお孫さんです。あの屋敷を受け継いで、いま住んでおられるんです。教えていただけませんか。なぜ辰子さんは、あの土地の小字を知りたがっていたんでしょう？」

「それが、おかしな話なんだ」

苗代は顎《あご》を掻《か》いた。

「きみたちみたいな若い子が聞いたら、きっと『非科学的！』と笑うんじゃないかな」

「そうでもないですよ。ぼくらは幼い頃からSFやファンタジーに慣れてますから」

部長が請けあう。

「非科学的なことは、むしろ積極的に受け入れる世代です」

「そんなもんかねえ。……それなら言うが、庵主さまはこう言っていたよ。『わが家のまわりに、どうやら水餓鬼がいるようだ』と」

「ミズガキ？」

森司は隣の鈴木と顔を見合わせた。

部長が苗代にうなずきかけて、

「『古今著聞集《ここんちょもんじゅう》』に出てくるあれですね」と言う。

「ほう、よく知っているね」

「じつは好きなんです。そっち方面の話」

部長はとぼけたことを言い、かるく咳《せき》をすると、

「確かこんな話でしたよね。――ときは十二世紀、夕暮れどきにある貴人が手水《ちょうず》で顔を清めて一人で座していると、御簾《みす》を上げて異様な姿かたちの者があらわれた。身の丈は五十センチほどで、蝙蝠《コウモリ》のような顔をして、人間に似ているが足が一本しかない。貴人が『何者か』と問うと、あやしの者は『水餓鬼です』と答えた。

『わたくしは耐えがたきまで渇いております。水を求めても求めても得られない餓鬼ですから、人に取り憑《つ》いて水を得るしかありません。しかし最近はみな、お数珠《じゅず》やお手跡で身を護《まも》るようになってしまい、わたくしのような卑しい身はそばへ寄りつけません。どうぞお助けくださいまし』と水餓鬼は訴える。

貴人は哀れと思い、盥《たらい》に水を満たして餓鬼に与えた。盥一杯を飲みほしても飽く様子がなかったので、貴人は水生の印を結び、指を餓鬼の口にあてて、生じる水を飲ませてやった。だがじきに指が痛みはじめ、苦痛が全身に及んだため、貴人は火印を結んで餓鬼を振りはらったという――」

「そのとおりだ。いや、すらすら即興で語るとは恐れ入った。最近の大学生も捨てたもんじゃないな」

と苗代は膝を打ってから、森司たちを見た。

「いらない補足かもしれないが、水餓鬼というのは地獄の六道にある餓鬼道のうち、食水《じきすい》に落ちた者を指す。酒を水で薄めて売ったり、酒に混ぜものをしたりと、水に関する悪行を犯した者が水餓鬼になると言われている――が、これはあくまで仏教の教えだ。

宗教というのは『あれをしたら地獄に落ちる。それをしたら未来永劫《えいごう》苦しむ』と脅して諌《いさ》めるのが商売だからね。実際は悪行を為《な》していなくとも、迷っている亡者は大勢いるだろうさ」

「なんだか含んだような言いかたですね」と部長。

「そう聞こえるかね？　だとしたら、ひとつにはわたしが宗教ぎらいなせいだ。庵主《あんじゅ》さまのことは個人的に好きだったがね。ビジネス仏教は好きじゃない」

「ひとつには、ということは、ほかにも理由がおありで？」

「おありってほどのもんじゃないがね。庵主さまがこう言っていたのさ。『水餓鬼は、年端もいかない幼な子だった』と。がりがりに痩《や》せこけた子が、『粥《かゆ》とまではいかずとも、せめて水を』とさまよっているんだそうだよ。そんな幼な子が、薄め酒を売るもにもないだろう」

森司はそっと藤乃を盗み見た。

膝の上に置いた手を、藤乃が握りしめているのがわかった。がりがりに痩せこけた、年端もいかない子。まさに彼女が屋敷で目撃した子供だ。

――そういえば藤乃が子供の霊を目撃したとき、そこにはいつも水があった。

浴槽に満たした水。蛇口から流れる水。

森司たちが訪問したとき姿をあらわさなかったのは、家に水気がなかったからか。

苗代がつづける。

「庵主さまは施餓鬼をしようと経を唱え、亡者の前に水を一杯供えた。しかし亡者は、何度与えても飲もうとしないんだそうだ。そこで庵主さまは、わたしを頼って来なすったのさ。『あの子がどうして、どんなふうに死んだか手がかりが欲しい。小字を聞けば、土地の履歴や由来もわかるのではないか』と言ってね」

「なるほど。で、あの土地の小字はなんだったんです？」

「これを見てくれ」

苗代は背後の棚から本を一冊抜き、栞《しおり》を挟んだページをひらいた。

本を床に置いて、指で示す。

「どうやらあの一帯の土地は、かなり痩せていたようだな。上から『干畑』、これはホシバタと読むんだろう。『冷田』、これはヒエダかな。そして『砂喰』スナハミ、『石喰』イシバミときて、あの屋敷のある場所は『干骨』だ」

「ホシボネと読むんですかね」

と黒沼部長は首肯して、

「干あがった畑、冷えた田。砂を喰《は》み石を喰み、乾いた骨が転がる。……なるほど、これは飢饉《ききん》の記録だ」

「飲み込みが早くて助かるよ。きみたちも中学か高校で、『江戸四大飢饉』について習っただろう。そのうち天明《てんめい》の大飢饉は、一七八二年から八七年にかけて東北地方を中心に起こった近世最大の飢饉だ。とくに八六年は新潟にとってひどい年で、空前の大飢饉の中、旱魃《かんばつ》にまで見舞われている。おそらくこれらの地名は、くだんの飢饉と旱魃を受けて付けられたものだと思うね」

「では辰子さんを訪れた子供の亡者は、屋敷の近くで飢えと渇きに苦しんで死んだ子――ということになりますか」

「と思うね。あの屋敷の裏手には竹林があるだろう。もしかしたらその子は、竹水を求めて訪れたのかもしれないな」

「ああ、竹が伸びる際、節間にたくわえている水ですね」

部長は相槌《あいづち》を打った。

「若竹の先端を切って袋をかぶせておくと、地下茎から吸い上げた水分が、明朝には袋に溜《た》まっているとかってやつ。ぼくは飲んだことがないけれど、竹の香りのする甘い水だと言いますね。飢えて渇いた子が、最期にその水を欲しがって竹林を訪れ、しかし力尽きた――とお考えで？」

「あくまで仮定だよ。だが可能性はなきにしもあらずだろう」

苗代はそう言って、

「どちらにしろ、哀れな話さ。天明の大飢饉は悲惨なエピソードにこと欠かないが、子供が死ぬ逸話はとりわけむごい。ひもじさをまぎらすため、自在鉤《じざいかぎ》のすけ縄を噛《か》んでいた子供が、ついに自分の指を食いちぎってしまったなんて話まである。帰宅した父親は血まみれで泣いているわが子を見て絶望し、鉤で子供の首をかき切ったあと、みずからも頸動脈《けいどうみゃく》を切って果てたそうだ。——そんな死にかたをした子たちが、成仏できずに二百年以上もさまよっているなんてな。考えただけでも泣けてくるよ」

と、窓を向いて遠い目をした。

4

「あんな無残な話を聞いたあとに、部室に戻ってお菓子とコーヒーを楽しむなんて、ちょっと気がひけるね。でもこれも人間の業かもしれないな」

愛用の椅子にもたれ、部長が慨嘆する。

苗代の家を出たのち、オカ研一同は藤乃と別れて雪大に戻った。灘こよみは講義のため学部棟へ、部長と森司と鈴木は部室に落ちついた。

「施餓鬼って、お盆や彼岸に寺でやるあれですよね」

コーヒーにミルクを注ぎながら、森司は言った。

「そういえば子供の頃、その日は寺のそばに行かないようにしてましたよ。墓参りも、別の日にずらしてもらいました。と言っても寄ってくるのは古い霊ばかりで、はっきりは見えませんでした。黒い靄《もや》みたいなのが、虫の浮塵子《うんか》みたいにわらわら寄り集まってたっけな。その頃は餓死がどんなものかわかってなかったから、可哀想に思うより、ひたすら怖かったです」

「おれはそういうのん、無縁でしたわ。両親とも宗教行事に関心ない人でしたからね。家に仏壇もなかったし、そういやお供えひとつ上げたことあれへん」

と鈴木。部長があとを継いで、

「ぼくんとこは施餓鬼法要を、お寺じゃなく実家でやってるよ。盂蘭盆会《うらぼんえ》のついでって感じだけど、お酒や水、果物をそれ専用に取り寄せて、座敷中にずらーっと並べるの。あらためて考えたら、お供物は水気を含む食べものが多いなあ。ほかの地方だと、海苔《のり》なんかの乾物も供物にするらしいけど」

と言う。

「しかし辰子さんが供えた水を、その子が飲まなかったのは不思議だね。餓鬼についての逸話はいくつかあるが、どれも『飲んでも飲んでも、足りない様子』、『どんなに食べても飢《かつ》えたまま』という描写ばかりだ。供物の飲み食いをためらった、または断ったというくだりはない」

「作法を間違えた、なんてのはあり得ませんよね。出家して四十年以上のベテラン――という言いかたはあれですが、経験の長い庵主さまだったんだから」

「そもそも施餓鬼にたいした作法なんていらないはずだよ。経文だって宗派によって異なる。肝心なのは、ほどこしの心だ」

部長は腕組みした。

「その子が怒っていた、というのも気になるな。渇いているはずなのに、供物を拒むほどの怒りとなると厄介そうだ」

「せやけど、祟《たた》りをなすような霊ではないはずです」

鈴木が言った。

「あの一帯に染みついていたんは、つらい、苦しい死の記憶でした。そこに恨みはあっても、憎しみはない。霊が二百年以上もさまよっていたわりに、ご近所さんたちは平気で住んでましたしね。誰かれかまわず祟るような怒りやないですわ」

「じゃあ辰子さんか、もしくはあの家の住人に個人的に怒ってるとか？　でも辰子さんも稲生さんも、子供の怒りをかうタイプじゃないよねえ」

部長がそこまで言ったとき、引き戸がひらいた。

入ってきたのは、泉水と藍であった。

森司は思わず壁の時計を見上げた。まだ午後の三時である。藍さんの仕事が終わる時刻じゃないのに……といぶかしんでいると、

「午後半休なの」と藍は肩をすくめた。

「所長が『有休は労働者の権利なんだから、絶対に取れ！』って、逆の意味でうるさいのよ。でも丸一日休むのも、仕事が溜まってあとがつらいだけでしょ。だから小まめに、半休ずつ取ることにしたってわけ」

「いい職場じゃないですか。ホワイトだ」

森司は嘆息した。藍が微笑む。

「うちはほら、行政書士事務所だからね。ブラック企業相手に内容証明送ったり、告訴状やら示談書やらをつくるのがお仕事だから。自然と意識が、反ブラック的になっていくのよ」

「素晴らしい。おれもそんな――」

そんな意識の高い職場に勤めたい、と言いかけた森司を、

「感心してる場合じゃねえぞ、八神」と泉水が遮った。

「さっき小山内が構内で、血相変えておまえを探してた」

「はい？　……なんだろう、おれに用でもあるのかな」

森司は首をかしげた。

医歯学部は別キャンパスであるから、わざわざ出向いてきたらしい。しかし小山内陣に探される心当たりはなかった。金の貸し借りはないし、喧嘩《けんか》もしていない。もとより険悪な仲ではないはずだった。

泉水が半目になって、

「呑気《のんき》な声出してる場合か。おまえ、こよみを自宅に招待したんだろう。どういうルートか知らんが、小山内のところまで噂がいったらしいぞ」

「えっ」

森司は驚いて身を引いた。

ミスター雪大こと小山内陣は、じつは小学生の頃から灘こよみに想いを寄せている。

その小山内にバレたとなると——いやべつに隠してはいなかったが——いろいろとややこしい。けして悪いやつではないのだが、扱いが面倒くさい。

「あの調子じゃ、じき部室に来るだろう。いまのうち覚悟しとけ」

「いやそんな、覚悟って」

森司はうろたえた。逃げようかな、との思いが頭をかすめる。だが遅かった。

いつにない勢いで、部室の引き戸がひらいた。いやな予感は当たった。そこに立っていたのは、決死の形相をした小山内陣であった。

「八神さん！」

仁王立ちの姿勢で、小山内が吠《ほ》える。

「や、やあ。小山内」

森司はへどもどと応《こた》えた。

どうすべきかと焦りながら考え、ひとまずとぼけてみることにする。

「ええと、今回は稲生藤乃さんを紹介してくれたんだよな？　そのせつはどうも。でもいま、彼女はいないんだ」

「見ればわかります」

「だよなあ」

とぼける作戦は無駄だったようだ。大股《おおまた》で小山内が歩み寄ってくる。鼻先数ミリまで顔が近づく。

「八神さん。灘さんは――」

「な、灘もいないぞ」

森司は悲鳴じみた声を上げた。小山内がさらに詰め寄る。

「知ってます。講義中ですよね。だから来たんです」

灘のスケジュールをチェックしてるのか。ストーカーかおまえは、と言いそうになり、森司はこらえた。かく言う自分もこよみの履修講義は把握しているのだ。それにこれ以上、小山内を刺激したくない。

「八神さん」

「なんだ」

脂汗を垂らして森司は応じた。横目で部長たちに、無言の助けを求める。しかし部長も藍も泉水も、鈴木さえもが彼に背中を向けていた。じつにわざとらしく、

「『死霊館』のアナベルシリーズって、無理して製作つづけなくていいよね」

『デッドプール』の続編では、ネガソニック・ティーンエイジ・ウォーヘッドの出番を増やしてほしいわ」などとどうでもいい話をしている。

「八神さん」

「だからなんだって」

「八神さん、あなたという人は、まさか――」

小山内が胸倉を摑《つか》んでくる。殴る気か、と森司は思わず身がまえた。しかし小山内は

声を裏返して、

「あなたまさか——灘さんに、エッチなことを企《たくら》んでるんじゃないでしょうね」

と叫んだ。

数秒の沈黙ののち、

「馬鹿を言うな」

森司は吠えかえした。

「おまえ、おれにそんな度胸があると思っているのか」

「思いません。まったく思いませんが、もし心の底で目論《もくろ》んでいるなら、いくら八神さんでも許せない。いいですか、灘さんは神聖な存在なんですよ。彼女をいやらしい目で見るようなやつは、人類の敵です。万死に値します」

と鼻先に突きつけられた小山内の指を、

「そんなことはおまえに言われなくてもわかっている」

森司は力まかせに払った。

「いいか小山内、おれを見くびるなよ。この世におれ以上に、灘に嫌われるのが怖い男はいない。そんなおれが、よこしまな計画を立てられると思うのか。実行できると思うのか。なめるんじゃない。よしんば彼女と密室で一晩過ごす羽目になったとしても、おれは灘に指一本触れられない自信がある」

「八神のあれは、威張って言うことなのか？」

遠くで泉水が言った。

「いいんじゃない。まだ学生だし、健全なのはいいことよ」と藍。

「いつまでも健全すぎるのもどうかと思うけどねえ」とため息をつく部長に、

「陰口は陰で言ってください！」

森司は怒鳴った。

「なぜ同じ室内で、本人に聞こえるように言うんです」

「まあ八神くんならいいかなって」

「むしろ聞こえたほうがいいかなって」

「あのですね……」

さらに反駁《はんばく》しかけたとき、引き戸が開く三度目の音がした。

今度はどこのどいつだ、と振りかえる。

だが闖入者《ちんにゅう》は、稲生藤乃であった。藤乃は彼女らしからぬ足どりで部室へ駆けこむと、手にした紙束を、前置きなく長テーブルにばさばさと広げた。気色ばんでいた小山内さえ、呑《の》まれて黙るほどの勢いだった。

「み、——見てください」

藤乃は息を切らして言った。

「祖母の文机《ふづくえ》から、見つけたんです。たたんで硯《すずり》の下に敷いてあったので、いままで気づきませんでした。でも、これ——間違いないです。わたしが見たのも、確かにこの顔でした」

森司は腰を浮かし、藤乃の手もとを覗《のぞ》きこんだ。

書道紙に墨筆で、似顔らしき絵が描かれている。なかなか達者な筆だ。

ざんばら髪を振り乱した子供の顔であった。着物らしき衿《えり》が描かれ、胸から下は省略されている。似顔の横には日付が入り、「水餓鬼来たる。あわれなり」の添え書きがあった。日付は、四年前の秋だ。

「祖母が退院してきた頃に描かれたようです。それから、これ」

藤乃は左の絵を指した。

うって変わって、現代的な女児の似顔絵だった。長い髪をふたつに分けて結っている。顎《あご》が尖《とが》って奥二重の目がきりりとした、大人びた表情の子だ。

「わたしが、バイトの夜勤中に見た子です」

「ああ、コンビニの駐車場で石蹴《いしけ》りしてた女の子ね」

部長がうなずきながら言う。

女児の絵にも日付が入り、「夜半に菓子与える。なにを問うても答えず」の一文が添えられている。こちらは今年の春だ。

さらに同じ子たちの似顔が何枚かつづく。最後の一枚は、蓬髪《ほうはつ》の子供であった。添え書きの筆は「水餓鬼、ついに水を飲む。われの前で成仏せり」。

「――祖母が亡くなる、四日前の日付です」

藤乃は言った。

「どういうことなんでしょうか。この一文によれば、水餓鬼は――この子の霊は、ほどこしの水を受けて成仏したってことですよね？　ほかの意味には読めませんよね」

「だねえ。ぼくも『成仏した』以外の解釈はないと思う」

部長が絵を見下ろして唸《うな》った。

「だが依然として、まだ屋敷のまわりでこの子はさまよってるわけだ。とはいえ辰子さんが嘘を書き遺《のこ》したとも思えない。……これは明日にでも、稲生邸をもう一度訪れなくちゃいけないかな。泉水ちゃんのバイトは六時までだよね？　じゃあ全員で、夜七時ごろお邪魔させてもらおう」

5

十一月ともなると、すっかり日が短くなった。

まだ七時前だというのに空は濃紺に染まり、青みがかった世界に、街灯の白がぽつんぽつんと寂しげに浮いている。

「やあ、ごめんね。呼び出しちゃって」

駆けてきた藤乃に、部長は片手で拝んでみせた。

「これだけの人数がいるのに、迷子になるなんて面目ない。一回行ったお宅だから楽勝と思ったのに、考えが甘かったよ」

「いえ、そんな。細い小路ばかりで、わかりにくいから当然です」

彼らはファミリーマートの入り口前にいた。灰皿と公衆電話が設置されている側とは反対方向の、イートインスペース前である。

部長の背後にはこよみ、森司、泉水がいた。パン工場のバイトが遅番なため、鈴木は不在だ。

「このファミリーマートで、稲生さんはバイトしてるんだよね？」

「そうです。あ、いまの期間はおむすびが全品百円セールですよ。おひとつずつどうですか？」

と冗談めかして笑う藤乃に、

「おむすびもいいけど、手土産代わりにジュースでも買おう、ってみんなで話してたとこなんだ」森司は言った。

「甘い味と香りのする水なら、子供は飲みたがるんじゃないかと思ってさ。たとえ大昔の子で、ジュースの存在は知らなくても」

「それが……」

藤乃は眉宇《びう》を曇らせた。

「じつを言うとわたしも一昨日《おととい》、試してみたんです。ただの水じゃ成仏できないなら、もっと満足感のありそうなものをお供えしてみたらどうかって。とりあえずオレンジジュース、お味噌汁《みそしる》、ごく薄いお粥《かゆ》の三種を竹林側の廊下に置いておいたんですが……。朝になっても、手付かずでした」

「そっかぁ、残念」

部長が肩を落とした。

「オレンジジュースで駄目となると、ほかに癖のないジュースはアップル、グレープくらいかな。そもそも十八世紀の田舎に、果物ってなにがあったんだろうね。柿に枇杷《びわ》、木通《あけび》、桑の実とか？　炭酸飲料も馴染《なじ》みがないだろうしなあ」

「コーラなんて真っ黒いし炭酸が弾《はじ》けてるしで、突然見たら怖がりそうですね」

と言いつつも一同は店舗に入り、甘い紅茶を一本、桃とグレープのジュースを一本ずつと、百円セールのおむすびを三つ買った。

どれか気に入ってくれるといいが、と言い合いながら外に出たところで、黒沼部長が駐車場の裏手を指した。

「そういえば稲生さん、この裏に公園があるの知ってる？」

「え？　いえ、知りません」

「だろうね。ごくちいさな公園で、遊具もブランコくらいしかないようだから。でも子供にとっちゃ、意外と――って、噂をすれば影だ」

「はい？」

怪訝《けげん》な顔をする藤乃に、

「ごめんね。じつは迷子になったというのは嘘」

と黒沼部長は微笑した。

「呼び出したのは、稲生さんに予備知識なしに見てもらいたかったからだ。ほら、暗いから見えにくいけど、植え込みをかき分けて子供が入ってきたよね？　あそこは近道なんだ。裏手の公園から、この駐車場へつづく近道」

しかし藤乃はもはや、部長の言葉など聞いていなかった。その両眼は一心に、灯《あか》りからはずれた植え込みの前に立つ、幼い影に向いていた。

赤い長袖《ながそで》Tシャツ姿ではなかった。お下がりだろうか、大きすぎるパーカーの袖を幾重にも折っている。

長い髪は二つに分けて結われていた。だが髪の手入れはお世辞にもいいとは言えない。あれは、そう――伸ばしっぱなしなだけだ、と森司は思った。

その証拠に、ろくに洗髪していないと遠目にもわかる。脂じみた髪が、女児が跳ねるたび〝さらさらと〟ではなく、固まってごわついたまま上下する。

「……あの子です」

藤乃は呻《うめ》いた。

「いつかの夜中に、この駐車場で遊んでいた子。ああ、あの子……」

幽霊じゃなかったんだ、よかった――。そう言って、掌で口を覆う。

「藍くんの情報網に、さいわい引っかかったんだ。去年の夏ごろから、この一帯で深夜徘徊《はいかい》している女児の目撃情報がね」

すこし得意げに黒沼部長は言った。

「さて行こう、稲生さん。あの子と生前の辰子さんには面識があったはずだ。事情を聞きたいが、声をかけるのは孫娘のきみでなくっちゃね」


くだんの女児は正真正銘、生身の子供であった。

名は坂橋光里《さかはしひかり》。この校区の公立小学校に通う二年生だという。

藤乃に呼びとめられた光里の第一声は、「違うの」だった。

「違うの。あたしが自分で決めて、外にいるの。だから学校に電話とかやめて。児童相談所にも、連絡しないで」

両目にうっすら涙が溜《た》まっていた。

「お父さんもお母さんも、悪くない。ただちょっと――ちょっと、具合が悪くてお休みしてるだけなの。だからお願い。あたしを施設に行かせないでください」

森司たちは光里をなだめ、どこにも通報なんてしないと言い聞かせた。そして公園へ案内させ、買ったばかりのジュースとおむすびを与えた。

時刻は午後七時二十分。

一同は、公園のブランコにいた。

二つしかないブランコ板には、光里と部長が座った。脇の鉄柱へ泉水がもたれ、森司とこよみ、そして藤乃は、ブランコと向かい合うかたちで安全柵《さく》の前に立った。

光里はペットボトルの紅茶を飲みほし、鮭のおむすびを大事そうにすこしずつ食べた。

「……残りは、持って帰っていいですか」

恥ずかしそうに、コンビニ袋を抱えてうつむく。袋にはまだ二つのおむすびと、三本のペットボトルが入っていた。

「うち、赤ちゃんがいるの。ジュースもお水で薄めれば、あげていいはず。お父さんとお母さんにも、おむすび食べてもらいたいし……」

近くで見た光里は、いっそう瘦《や》せて薄汚れていた。

ほっそりと顎《あご》が尖《とが》っているのは、辰子が描きのこした似顔絵のとおりだ。しかしいまは顎ばかりか頰までこけて、目の下がどす黒かった。全体に垢《あか》じみて、パーカーの袖も衿《えり》も薄黒く汚れている。

「もちろんいいよ」部長は微笑んだ。

「ぼくたちはきみを、お父さんとお母さんから引き離そうなんて思ってやしない。こちらのお姉さんは、さっきも名乗ったとおり八幡町の庵主《あんじゅ》さまの孫だ。ぼくたちは庵主さまがしていたのと同じことを、きみにしてあげたいだけだよ」

光里はしばらく黙っていた。ブランコ板に腰かけたまま、胸にコンビニ袋を抱きしめている。

やがて少女は、声を殺して泣きだした。

全身を強張《こわば》らせたまま、食いしばった歯の間から、こらえきれぬ低い嗚咽《おえつ》を洩《も》らした。

わずか七、八歳の子供の泣きかたではなかった。

「お、……お父さんは、病気なの」

だからしかたないの——。そう言って光里は、顔も覆わず泣いた。

光里の父親が鬱《うつ》を発症したのは、三年前の春だという。

きっかけは部署の異動だった。まったく畑違いの部署に飛ばされた上、上司ともそりが合わなかったのだ。

父は次第に病み、無気力になっていった。食欲が減退し、体重が減った。入浴や着替えすら億劫《おっくう》がるようになり、口をひらけば「おれは駄目なやつだ、死んだほうがいい」とこぼした。

母が病院へ引きずっていくと、「重度の鬱だ」と診断された。

父は薬を飲みながら約二年働いた。だがある日、限界が訪れた。糸が切れたように、布団から起きあがれなくなった。無断欠勤を重ねた末、父は失業した。

間の悪いことに、同時期に母の妊娠が判明した。

母はパートで働いていた。いまやこの収入だけが一家の支えだった。しかしつわりがひどく、辞めざるを得なかった。

けして多いとは言えない貯えは、出産費用で消えた。妊娠は病気ではないため、診察料は基本的に自己負担だ。初診料が約一万円。定期健診は一回約五千円で、国の推奨どおりに十四回通うと七万円。さらに超音波検査や血液検査は、別途お金がかかる。そして肝心の出産では、約五十万円が飛んでいく。

不幸中のさいわいで、赤ん坊は無事生まれた。男の子だった。

「こんな状況でなかったら、一姫二太郎だと喜べたのに」と父はつぶやいた。大人の食費や衣服やベッドは光里のお下がりを使った。おむつは布おむつを縫った。

さいわい知人の紹介で、母がデータ入力の内職を得ることができた。しかし手取りは一月《ひとつき》六万円に満たなかった。

母は心労と、肉体的疲労をつのらせた。母乳の出が悪くなった。赤ん坊は夜泣きが絶えず、父は「おれが不甲斐《ふがい》ないせいだ。死にたい、死にたい」と繰りかえすようになった。

「――それが、あたしの家です。お父さんが仕事を辞めてから、ずっとこう。赤ちゃんが生まれたら、もっとしんどくなった」

そう語る光里の声は、ひどく平淡だった。

「あたしが家にいると、お母さんが泣くの。『お腹いっぱい食べさせてあげられなくて、ごめんね、ごめんね』って。だからお母さんが泣かないよう、できるだけ外に出てるんです。赤ちゃんが夜泣きしはじめたときも、泣きやむまで、いつも公園で遊んでる」

「食事はどうしてるの？」部長が問う。

「学校がある日は大丈夫です、給食があるから。でも、土日は食べるものがなくて……いまから冬休みになったらどうしようって、ちょっと怖い」

「じゃあいままで、長期休みのときはどうしてたのかな?」

「春休みは、ええと」

光里は目を上げ、ちらりと藤乃を見た。

「……お坊さんのおばあちゃんから、おむすびやお菓子をもらってた」

「八幡町の庵主さまのことだね」

「うん。でも雑貨屋のおばさんも、たまに消費期限切れのレトルト食品とか缶詰をこっそり分けてくれるんだ。あとは自販機の下に落ちてるお金を探したり……あ、パチンコ屋さんに入って、落ちてる玉を探すこともあるよ」

なんてことだ――。森司は暗澹《あんたん》たる気分になった。

担任の教師はなにをしているのだ。受け持ちの生徒がこんなに痩せて飢えていて、気づかないわけがない。いますぐ行政なり福祉事務所に掛けあうべきだ。

光里が声を落として、

「お坊さんのおばあちゃん、死んじゃったんだよね。……家の前に、立て札が出てたから知ってる」

と言う。部長は首肯した。

「忌中札だね。おばあちゃんのこと、好きだった?」

「うん、やさしかった」

「なのに今年の夏休みは、どうしておばあちゃんの家にあまり通わなかったの？　きみの似顔絵がすくなかったよ。叱られたとか、しつこく質問されたりした？」

「ううん。そうじゃなくて……」

光里は言いよどんだ。眉毛《まゆげ》を下げ、口をへの字にする。

「どうしたの？」

「聞いたら、笑うよ」

「笑わないさ。言ってみて」部長が辛抱強くうながす。

光里はコンビニ袋をいっそうきつく抱き、押し出すように言った。

「……お化け」

「え？」

「あの家、お化けが出るの。あたしよりお腹をすかしたお化け。それが怖いから、行かないっていうか、行けなくなった」

森司は泉水を見あげた。泉水がかるくうなずく。

部長が重ねて問うた。

「それはもしかして、古い着物を着た子供のお化けかな。髪がぼうぼうに乱れて、すごく痩せてる子？」

「うん」光里は応《こた》えて、「二人いた」と言った。

「二人？」

「そう。たぶん双子だと思う。……ぼろぼろの服で、同じくらい痩せて、顔もそっくりだった。いつも二人並んで、じいっとこっちを見てた。あの眼が怖くて、あたし、おばあちゃん家《ち》に通えなくなったの」

6

「二人って、どういうことでしょうか？」

稲生邸の裏手にまわり、竹林に踏みこみながら藤乃は言った。

「祖母が描いた絵は一人でした。わたしが見た着物の子供も、一人だけだったのに」

月の明るい夜だった。

秋の竹林は青あおと丈高く茂り、視界から夜空のあらかたを隠している。しかし青白い月光が、葉の間から無数の糸のように射しこんでいた。

「辰子さんには、一人に見えていたのさ」

部長が応えた。

「辰子さんの施餓鬼で成仏できたのは、二人のうち一人だけだった。稲生さんが目撃したのは、その残された一人だよ。実際は光里ちゃんの言うとおり、双子の霊だったんだ」

わずかに粉を吹いた竹肌の隙間から、隣家の紅葉が覗《のぞ》いている。湿った苔《こけ》が、森司の靴底でぐじゅっと水を吐く。

「……竹というのは四、五十年に一度、花を咲かせるそうだ。俗に竹の花が咲いた年は、大凶作になると言われている」

泉水が誰に言うともなくつぶやいた。

「寛永《かんえい》の飢饉《ききん》、延宝の飢饉、享保《きょうほう》の飢饉、天明の飢饉、天保《てんぽう》の飢饉。大凶作の前には、かならず竹の花が咲いたと言い伝えられてきた。迷信のようだが、一応の科学的根拠はある。竹の花が咲いたあとにできる種子は、鼠の餌になるんだ」

「繁殖能力の高い鼠は、文字どおり鼠算式に増えていくからね」と部長。

「ああ。だが平常は、増えすぎることなく一定数で保たれている。餌にありつけずに死ぬ鼠が多いからだ。しかし栄養豊富な笹竹の種子は、常なら死ぬはずの鼠まで生かしてしまう。鼠は竹の種子を食い尽くしたあとも増えつづけ、餌を求めて、群れをなして人里へと下りる。数にまかせて農作物を食い、倉庫に備蓄した穀物を食い、収穫前の稲を食い荒らす。そこへ冷害や大雨、旱魃《かんばつ》が起これば、またたく間に大飢饉だ。竹の花が咲くと飢饉が起こるという俗説は、こうした過去の事例をもとに生まれた」

「もしかしたら飢えた双子たちも、竹の種子を目指してここに来たのかもしれません。まっさきに鼠や鳥がついばむだけあって、種子はほんのり甘みがあるらしいんです。十八世紀の農村の子供なら、その味を知っていて当然です」

と、こよみは言い、藤乃に首を向けた。

「そういえば稲生さん、黙っていてすみません。じつはわたしたち、生前に辰子さんのお世話をしていたヘルパーさんに会いに行ったんです」

「ヘルパーさんに？　なぜです」

藤乃が驚いて問う。

答えたのは黒沼部長だった。

「この屋敷のまわりで、かつて子供の霊を見たか訊《き》きたかったから。もうひとつは、卒中後の辰子さんの様子が知りたかったからだよ」

と言った途端、苔で足をすべらせる。部長は慌てて泉水の腕に摑《つか》まった。

「ヘルパーさんはこう言っていた。『誇り高いかたで、なんでも一人でやりとおすのを好みました。でも食事だけは、わたしが最後まで付いてないと駄目でしたね。左半身が不自由でいらしたので、右手が届く範囲のお皿しか食べられないんです。だから食事の途中で、こう、お膳《ぜん》ごと回転させて、左のお皿が右へ行くようにして差しあげなきゃいけなかった』と。――でも右の皿と左の皿なんて、さほどの距離はないでしょ？　利くのが片手だけだとしたって、皿をまわしてもらうほど遠いわけがない。これは典型的な、〝半側空間無視〟の症状だよ」

「半側……？　え、なんですか？」

藤乃がきょとんとする。

「半側空間無視」と部長は繰りかえして、

「脳の障害によって、片側に在る物体の存在が、視覚的にも聴覚的にも認識できなくなる症状だ。一般に右半球の障害によって、左側に空間無視が起こるケースが多いらしい。その結果、見えていても知覚できない、触れてもわからない、片側の情報のみ脳に入ってこなくなるという、不思議な症状があらわれる。つまり辰子さんは左の皿に手が届かなかったんじゃない。〝左側に皿がある〟という情報を、脳が認識できなくなっていたんだ」

「ややこしい話だよな」

森司は苦笑した。その笑いと言葉は、部長に向けられたものではない。藤乃にでも、泉水にでもなかった。

森司は、眼前に立つ子供に向かって言った。

「――だからさ、庵主《あんじゅ》さまは、きみが嫌いだったわけじゃないんだよ」

辰子の似顔絵どおり、子供はがりがりに痩《や》せこけていた。

黒ずんだ頬がこけ、手も足も骨に渋紙を張ったようだ。着物とも呼べぬぼろきれが、かろうじて体にまとわりついている。両足とも裸足《はだし》で、親指の爪は剝《は》がれ落ちていた。

藤乃はこの子から、怒りを感じたという。

確かに少年は怒っていた。恨んでもいた。だが森司は怒り以上に、その子から悲しみと不安と混乱を感じとった。

どうして、と少年は訴えていた。

何百年という時を経てさえ、彼は理解できずにいた。なぜ自分たちが死なねばならなかったのか、なぜあんな苦しみを味わったかを。

おれたちはなにも悪いことなんてしなかった。なのに、どうして？　あんなひどいことがなぜ起こった？　なぜ村のみんなは死んだ？　母がいなくなった理由は？　ずっと一緒だったきょうだいは、なぜ自分を置いていってしまった？　どうして？　どうしてどうして、どうして――。

「ごめんよ」

森司は、少年に目線を合わせてしゃがみこんだ。

「きみたちはいつも、二人一緒だった。でも辰子さんには、左側に立っているきみが認識できなかった。そこにいると、わからなかったんだ。だから水を一杯しか出さなかった。……きみたちが水を飲めずにいた理由は、それだね。片割れを差しおいて、自分だけが水に手を伸ばすなんてできなかった」

しかしある日、耐えかねてか、彼のきょうだいは供物の水を飲んだ。

渇きが満たされ、きょうだいは此岸《しがん》から消えた。――彼一人をあとに残して。

辰子の死の、四日前の出来事であった。

「きみが怒るのも恨むのも、当然だ。でも辰子さんに悪意はなかった。それだけはわかってほしい」

森司は言った。

眼前の子供の表情は変わらない。言葉が伝わっているかも疑わしい。

藤乃がおずおずと言った。

「その子は、わたしにも怒っているんですか？　わたしがあげたジュースやお粥《かゆ》に手を出さなかったのは、わたしが祖母の孫とわかったからなんでしょうか」

「怒りと言うより、信用していないんだ」

泉水が低く言った。

「辰子さんだけじゃない。おれたち全員が、この子の信頼をそこなった。目に見える人間すべてに、この子は不信感を抱いて警戒しているんだ」

「中でも、とりわけ大人をね」部長は言い、

「だからせめて、同じ年ごろの子供なら――と思ったわけさ。ああ、来た」

竹林の入り口を振りかえった。

ちいさな影が走ってくる。二つに分けて結った髪が、跳ねて揺れていた。坂橋光里だ。両腕でしっかりと水筒を抱えている。

「持ってきたよ！」

「ご苦労さま。ありがとう」

部長は光里から受けとった水筒を、泉水に渡した。

泉水が水筒を開け、キャップに中の液体を注ぐ。液体は仄白《ほのじろ》く、わずかにとろりとし

ていた。

その場に泉水は片膝《かたひざ》を突いた。平石のくぼみへ、仄白い液体をすこしずつ垂らしていく。

「光里ちゃんのお母さんに、母乳を分けてもらったんだ」

部長が藤乃に言う。

「あの歳の子供が探すといえば、やはり母親だろう。飢えと渇きと孤独——。ぼくらごときに癒《いや》せるものじゃないが、水以外となると、これしか思いつかなかった」

森司は視た。蓬髪《ほうはつ》の少年が、じっと平石を見下ろしている。

長い沈黙があった。誰一人、しわぶきひとつ洩《も》らさなかった。

やがて少年は、ゆっくりとその場で膝を折った。平石にかがみこむ。顔を寄せる。無表情だったその顔が、一瞬泣きだしそうに歪《ゆが》んだ。

少年は乾いた舌を出し、そっと乳を舐《な》めた。

垢《あか》で汚れた両のまぶたがうっとりと伏せられる。舌さきが、せわしなく乳を舐めとる。

「あ、——……」

声をあげたのは、藤乃だった。

薄れていく。

少年の髪が、肩が、全身が、すこしずつ薄れて、夜気に溶けていく。

少年は顔を上げなかった。表情はわからない。だが満足しているのがわかった。痛いほど、伝わってきた。

何百年もの間つづいた飢えと渇きが、いまようやく満たされようとしていた。

風が流れた。

さやかに竹の葉擦れが鳴る。

気づけば、そこに蓬髪の子供はいなかった。

平石に溜《た》まった乳の残りだけが、たったいま起こった顚末《てんまつ》を物語っていた。

「……天明の大飢饉《ききん》は、東北地方を中心に全国へと広がった。とくに津軽《つがる》藩では、天明四年までに人口の半分以上にあたる八万千七百人が死亡したと伝えられる。『泰平年表』によれば天明三年から四年の間に、東北全体で餓死者は十万二千、病死者三万。一家が死に絶えた空き戸数は、三万五千軒にのぼったそうだ」

部長がため息とともに言う。

「さまよいつづけている子は、きっとまだ何万人といるんだろうさ。でもぼくにできることは限られてる。それを思うと、なんとも歯がゆいね」

苦い声音だった。

十一月の夜気はやわらかく、竹林の間にほの寒く満ちていた。

7

「八神先輩」

背後から涼しい声がした。

森司はただちに立ち止まり、体ごと勢いよく振りむいた。

「あ、灘」

語尾にハートマークが滲《にじ》んでしまわぬよう、意識してトーンを抑える。

声を聞いた時点で誰かわかったくせに、頭に「あ、」などと付けてしまうのが、われながら姑息《こそく》である。

「いま講義が終わったところです。先輩もですか？」

「うん。一緒に部室棟に行こうか」

さりげなくさりげなく、と己に言い聞かせながら森司は言った。

けして押しつけがましい感じになってはいけない。あくまで自然に、スマートに、だ。なにしろ例の食事会――と森司は名づけていた――は来週なのだ。それまで彼女に悪印象を与えてはならない。「がっかりだわ」だの、「こんな人の家に行きたくない」だのと思わせてしまったら台無しだ。

構内の銀杏《いちょう》並木は、さかりを迎えて黄金いろに染まっていた。ときは灯ともし頃、歩道の石だたみと相まって、さながら古い映画のワンシーンである。

こよみがトートバッグを肩に掛けなおした。

「社会学の教授に掛けあって、光里ちゃんのお宅に民生委員を紹介してもらえました。子ども食堂ネットワークに加入しているお店や、NPO団体との連携も取れたそうです。

これであの子は、お腹をすかせて徘徊《はいかい》しなくて済みます」

「それはよかった」

森司は胸を撫《な》でおろした。

十歳にもならぬ子供が道路に這《は》いつくばって小銭を漁《あさ》る姿なんて、想像しただけで悲しくなる。

「たぶん生活保護を受給しながら、父親の治療と再就職活動を進めていくことになると思います。もともと能力は高い人で、鬱《うつ》さえ寛解すれば問題ないそうですから」

民生委員から生活保護制度の説明を受け、

「収入や貯金がすこしでもあれば、受給できないと思っていた」

と光里の両親は驚いていたという。

「かといって子供のことを思えば、貯金を使いきる勇気はなかった。完全に無収入になるのも怖かった」と。

また親戚《しんせき》から「スマホやパソコンは贅沢《ぜいたく》品と見なされるよ。持ってたら受給対象にならない。子供のゲーム機器なんて、もってのほか」と脅されていたらしい。

「いまどきはスマホがないと就職活動できません。バイト先とも連絡が取れなくなります。光里からゲーム機まで取りあげるのは、さすがに可哀想だし……」

そう思って、どれもずるずる手放せずにいた――。そう光里の母は、声を詰まらせて民生委員に語った。

民生委員は光里の母を慰めながら、

「生活保護とは、〝国が定めた最低限の所得に満たない家庭が補助をもらえる制度〟なんです。働いて収入を得つつ、足りない額を生活保護からの給付で補う〝半就労・半福祉〟で生活している世帯は、とても多いです」

とやさしく説明した。

光里の両親は、けして無知無教養な人たちではなかった。だが行政の世話になった経験がなく、頼る習慣もなかった。

役所とは印鑑証明書をもらったり婚姻届を出したりする場所、もしくは税金滞納などまずいことがあったときに連絡してくる場所、というイメージが固定していた。

実際、坂橋家は税金を滞納していた。

父親が勤めていた会社は経費削減のため、彼が退職する三年前から、社員を非正規扱いに切り替えていた。つまり福利厚生制度を切っていたのだ。

住民税も国民年金も、会社勤めの頃はなんとか払えていた。しかし失業後は支払いが一箇月遅れ、二箇月遅れ——と、不本意ながら一年近く溜めてしまった。出産育児一時金や、妊婦検診費の助成を頼れなかったのもそのためだ。

いつしか彼らにとって、行政は頼る先ではなく、〝ひたすら避けねばいけない場所〟に成りはてていた。

「生活保護に罪悪感を覚える真面目な人ほど、受給から遠くなっていくらしいな。社会福祉学の講義で、そう習ったよ」

森司はしみじみと言った。

いつの間にか部室棟まで、あと数メートルの距離になっていた。

「お父さんの病気が治って、再就職もうまくいくといいなあ。俗説かもしれないけど、自分を責める真面目なタイプが鬱になりやすいって言うよな。うちの母親が『だからあたしみたいなのは鬱になりにくいけど、わが家の男性陣は気をつけなきゃ駄目よ』なんて、いつも笑っ――」

森司は言葉を止めた。同時に歩みも止めた。

なにやら背中が突っ張り、前方へ進むのにわずかな抵抗が生じたせいだ。つまり、後ろから誰かが引き止めている。

肩越しに森司は、抵抗のもとを見やった。

こよみだった。なぜか森司の真後ろにまわり、彼のシャツを摑《つか》んでいる。摑んでいるというかつまんでいるというか、とにかく、なにやら思いつめたような顔で立ち止まっている。

「な……灘？」

どうした？　と森司はおずおずと尋ねた。

「あっ、――あ、いえ、あの」

こよみがはっと、われに返ったように手を離す。

「すみません。あ、シャツ伸びてないですか。咄嗟《とっさ》に考えなしな行動をしてしまいました。ごめんなさい」

「い、いや、いいんだ。灘の力くらいで伸びるわけない。万が一伸びたとしても、こんなシャツ、そこらの安物だから」

　こよみに劣らぬ勢いで、森司は激しくかぶりを振った。

「えっと、それで……どうした？　おれになにか、言いたいことでもあった？」

「はい」こよみはうなずいて、

「あの、あとすこしで部室に着くと思ったら――まだ二人で話したかったというか、言いたかったことがあって、それで、無意識に引き止めてしまった、みたいです」

　と言った。

「先日に引きつづき、つまらないことなんです。べつにどうしても、いま言わなきゃいけないことじゃないのに、すみません。わたし……どうかしてますね」

「い、いや」

　森司は否定した。

「灘がどうかしてると言うなら、おれなんてもっとどうかしてる。三百六十五日、洩《も》れなくどうかしている。だから気にしないでくれ。言いたいことがあったら、遠慮なくどしどし言ってほしい」

「……そうですか？」

「ああ」

そうですか、とこよみが繰りかえし、つづく言葉にためらう。

森司は身がまえた。

大丈夫だ、と自分に言い聞かす。大丈夫だ、この雰囲気なら、おれにとって悪いことではない。すくなくとも予定キャンセルの流れでは——と思っていると、

「あの……デートと、思っていいんでしょうか」

ごく小声で、こよみが言った。

「え?」

「前回に引きつづき、わたし、いろいろ調べているんです。というか落ちつかなくて、つい雑誌を読んだりネットを検索してしまうんです。そうしたら、あの、『おうちデート』という単語がたくさん出てきてですね——」

こよみは顔を上げた。意外なほど間近で、目と目が合う。

「わたし、それだと解釈していいんでしょうか」

こよみの声音は真剣だった。

「先日の先輩のお誘いって、『おうちデート』に当たるんでしょうか?」

「は、はい」

気圧《けお》されつつ、森司はうなずいた。

「おれは、——そのつもりです。はい」

「そ、……」

こよみの唇がいったん閉じ、ふたたびひらいた。森司の心臓が、どくりと跳ねる。

ひどく間近に、こよみの瞳《ひとみ》があった。

光彩の大きな真っ黒い瞳。白目が日本人離れした、青みがかった白さだ。驚くほど睫《まつ》毛《げ》が濃く長い。

ふくよかな唇がうっすらひらいて、そして。

「こよみちゃん、なにしてるの。今日は寒いんだから、そんなとこ立ってたら風邪をひく――」

ひくわよ、という藍の声は途中で消えた。森司の存在に気づいたからだった。

三人で、数秒顔を見合わせる。

気まずい沈黙が落ちた。

「すみません！」

こよみが叫んだ。止める間もなく部室棟へ駆けこんでいく。

あとには森司が残された。

歩み寄ってきた藍が、沈痛な面持ちで「……ごめん」と頭を下げる。

「悪気はなかったのよ、ごめんね。遠くからだと、八神くんが見えなくって」

「いいんです」

森司はかぶりを振った。本心だった。

「邪魔しちゃったわね。ごめん、ほんとごめん」

「そんな、謝らないでください」

森司は満面に笑みをたたえ、空を仰いだ。

「それより見てください、藍さん。──なんてこの世界は美しいんでしょう。空はどこまでも澄んで晴れわたり、満天の星は美しく、川が清くせせらいでいる」

「いま曇ってるし夕方だし、川なんてないわよ」

薄気味悪そうに藍は言った。そして、はっとしたように掌を合わせる。

「ごめんなさい、八神くん。あたしのさっきの邪魔がショックすぎたのね。まさかそこまで、精神的に追いこんでしまったなんて」

「そんなことはないですって、ははは、気にしないでください。ほら空で、小鳥があんなに可憐《かれん》に飛びまわって」

「蝙蝠《コウモリ》よ」

藍は世にも哀れなものを見る目を向け、

「よしよし、部長によーく診てもらいましょうね。大丈夫よ、きっと痛くしないはず。あたしもそばに付いてるからね。大船に乗ったつもりでまかせていいから」

と森司を摑み、部室棟に向かって引きずりはじめた。

引きずられつつ、森司は陶然と灰白いろの空を見上げた。遠くの枝で、鴉《からす》が高らかに一声鳴いた。

第三話　赤珊瑚　白珊瑚

HAUNTED CAMPUS

1

いまだ森司のゼミでは、卒論プランの発表日程が決まっていなかった。

これでは卒業論文計画書が予定どおりに出せない。教授は「前代未聞だ」と嘆き、就活指導担当員からは「あとの日程が全部押してきますよ。先ざきの就活にも影響します」と注意がなされたという。

発表日程が調整できない理由は、学生たちのバイトである。

「三箇月先までシフトが決まっちゃってるんです。おれ一人の勝手でシフトを動かせません」

ある一人はそう主張し、

「おれは逆にシフトを一週間前に言い渡されるから、それまで予定がわからないんです」

と別の一人は主張する。

噂では、複数のゼミで似たような事態が起こっているそうだ。中には「バイトが休めないので、ゼミの曜日を変えてくれないか」などと直訴した学生までいるという。シフトが詰まりすぎて単位を落とす、留年する等の学生も一人や二人ではないらしい。

「学業よりバイトが大事になっちゃ、本末転倒だろう。どうして休めないの」

教授が呆《あき》れて尋ねると、

「売り上げノルマがあるから。達成できないと給料から天引きされます」

「おれがいないとあの職場はまわらないんです。店長だって、ぎりぎりのところで働いてます。店長には恩があるし、見捨てておけません」

「人手不足でどうしようもありません。リーダーに昇格したから、責任あるし」

などとさまざまな理由が返ってくる。そして彼らの結論は、一様に「馘首《くび》になったら生活していけません！」だ。

「困ったことに、真面目な学生ばかりなんだよ」

学生課の職員は、頭を抱えて嘆いた。

「遊ぶ金ほしさにバイトしてるとか、ナンパ目的とか、そんなんじゃないんだ。みんなすごく真面目に働いている。『親に仕送りを増やしてくれなんて頼めない』、『自分が頑張らないといけない』、『まわりが疲れているのに、自分だけ休むなんて言えない』。そんな気持ちでバイトに精を出している子たちばかりだから、どうにもきつく叱れないよ。第一、本人が辞めたがっていないんだからどうしようもないんだ」

というわけで、今年の卒論プラン発表は中止になりそうな雲行きであった。

おそらく個々にプラン概要をまとめたレポートを提出し、教授のOKが出たら卒論計画書の作成にかかる、という段取りになるだろう。

　とはいえ中止が正式に決まったわけではない。森司のゼミはあきらめムードだが、他のゼミではまだ紛糾状態だそうだ。そちらの様子もうかがいつつ、横並びにすり合わせしないといけないらしい。

「たかがゼミ内の発表じゃないか。正式な発表会じゃないし、日程延期は可能だろう」

「それはそうだが、いつまでも先延ばしというわけにいくまい」

　と学内でも意見がまっぷたつに割れているという。

　――プラン発表を終えてすっきりしてから、こよみちゃんとの食事に臨みたかったのにな。

　内心で嘆息しながら、森司は中庭を歩いていた。

　バイトのやりすぎで留年しそうな学生がいる、という噂は去年も一昨年《おととし》も耳にした。しかし今年はいちだんと多いようだ。そういえばアパート近くの弁当屋でもコンビニでも、ここ最近は同じ従業員の顔しか見ない。「この人はいつ休めているのだろう」と、部外者の森司ですら心配になるほどだ。

　目の前に部室棟がせまってきた。

　鬱蒼《うっそう》たる木々に囲まれて一年中薄暗い部室棟は、晩秋を迎えてさらに暗くなった。昼間だというのに、いくつかの窓は蛍光灯で白く光っている。

　北端に位置するオカ研の部室も、ご多分に洩《も》れず灯《あか》りがともっていた。

「こんちわー……す？」

挨拶《あいさつ》しながら引き戸を開け、森司はわずかに体を引いた。

見慣れた長テーブルに、部長と藍が着いていた。しかし藍の隣にいるのは、見慣れぬ学生だった。正確に言えば〝見知らぬ女子〟である。

あれ、今日は相談者が来る日だったっけ――と森司が戸惑っていると、

「ああごめん、八神くん。違うの、この子はあたしの後輩」

と藍が手を振った。

女子学生が会釈して、

「はじめまして。法学部二年の林田萌菜《はやしだもえな》です」と名乗る。

ウェーブのかかった栗色の髪が背中まで届いていた。膝上《ひざうえ》十センチのフレアスカートに、ビーズ刺繍《ししゅう》のカーディガン。目立って美人ではないが、当人が持つふんわりした空気と、女の子らしいファッションが相まって愛らしい。

「ああはい、どうも。おれは八神……」

まごつきながら自己紹介をはじめた森司の背に、硬いものがぶつかる。なんだ？　と思う前に、頭上から声が降ってきた。

「すまん八神。よそ見しちまった」

「あ、いえ」

声のぬしを見上げ、硬いはずだ、と森司は納得した。長身偉丈夫の黒沼泉水である。

筋肉質な彼の体は、どこにぶつかっても引き締まってがっちり硬い。

泉水は森司の頭越しに、

「駄目だ。また留守だったぞ」と藍に向かって言った。

「またかあ。ごめんね、何度も無駄足踏ませちゃって」

藍が片手を立てて泉水に謝る。

「バイト帰りに寄るだけなんで、べつに苦じゃないがな。だがろくに帰ってない様子だ。郵便受けに、ダイレクトメールやら不動産のチラシがぎちぎちに詰まってた」

森司の脇をすり抜けて、泉水は長テーブルの三人に歩み寄る。

「昨日も一昨日《おととい》も帰ってないとなると、泊まり込みで十一連勤か？　労働基準法違反もいいとこだな。近いうちにぶっ倒れるぞ」

「労働基準法第三十二条で、雇用者は被雇用者を週に四十時間以上働かせちゃいけないのよ。まあそれは建前としても、職場に泊まり込みで十一連勤はないわ」

藍が首をすくめ、萌菜を振りむく。

「どうする？　当初の目的が果たせないうちに、向こうが体を壊して入院なんてことになったら」

「困ります……」

萌菜が泣きそうに眉《まゆ》を下げた。

一方、森司は戸口に立ったまま、ひたすら事態がつかめずにいた。立ちつくす彼に、部長が苦笑いする。

「藍くん。八神くんが困ってるよ、彼にも説明してあげたらどう？」

「あ、そうだった。ごめん八神くん。そんなとこにいないで、入って来なさいな」

藍は森司を手まねいてから、林田萌菜を親指で示した。

「べつにややこしい話じゃないのよ。泊まり込みだの十一連勤だのやってるらしいのは、ここにいる萌菜の元彼なの」

萌菜がうなずいて、

「三田村先輩が相談に乗ってくれると言うので、甘えちゃったんです」と言った。

「相談というと……」

すわオカルトがらみか、と森司は身がまえた。

しかし萌菜の返事は、

「元彼から、宝物を取りかえしたいんです」

というオーソドックスなものだった。

「……彼とは、一年ほど一緒に住んでいました。いつの間にかすれ違いが多くなって、喧嘩《けんか》別れしちゃったんです。でも彼のアパートから引っ越して、荷物をほどいてみたら、大事なものが入っていないと気づきました。もちろんわたしの不注意で、梱包《こんぽう》し忘れたのかもしれません。でも何度連絡しても、彼が応答してくれないんです。電話もメールも、ＬＩＮＥも無視されました」

「その元彼も、雪大《うち》の学生？」

森司は尋ねた。

「いえ」と萌菜が首を振る。

「歳は同い年ですが、他大の人です。同棲《どうせい》して二箇月ほど経ってから、彼は塾講師のバイトをはじめました。その塾がものすごく忙しいというか、ノルマの厳しい塾だったんです。何度も『体を壊すよ』、『もっと楽なバイトに切り替えれば？』と言ったのに、聞き入れてもらえませんでした。彼は人が変わったみたいに、いつも苛々《いらいら》して不機嫌な人になって、わたしたちも喧嘩が絶えなくなって……」

「だから、同棲解消して別れたわけだ」

「そうです。……そんないきさつなので、彼がわたしの連絡を拒む気持ちもわかるんです。喧嘩の繰りかえしで別れた女なんて、いまさら口を利くのもむかつくんでしょう」

「というわけで、泉水ちゃんの出番よ」

藍が泉水の肩を叩《たた》いてみせた。

「萌菜から相談を受けたあたしが、速攻で依頼したってわけ。これだけ大きくて強そうで怖そうな男相手に、我を張りとおせる人はそういないでしょ。取り立て屋にぴったりよ。ただし借金の取り立て屋じゃなく、形見の取り立て屋だけど」

「形見？　その宝物っていうのは、誰かの形見なんですか」

森司は萌菜を見た。

「はい。母方祖母の遺品です」

萌菜は親指と人差し指で二センチほどの大きさを示して、

「これくらいの直径の、珊瑚珠《さんごじゅ》なんです。もともとの持ちぬしは曾祖母《そうそぼ》で、死後に祖母が受け継ぎました。赤珊瑚と白珊瑚の二つで一組なんですが、彼の家に置いてきてしまったのは赤のほうです」

スマートフォンを操作し、萌菜は保存ファイルの画像を表示させた。

桐箱におさまった珊瑚珠の画像だった。紅白並んで、絹の座布団に沈んでいる。赤いほうは森司が見知っている桃色珊瑚ではなかった。マーブル模様のない、つややかな真紅の珠だ。

部長がスマートフォンを覗《のぞ》きこんで、

「これは血赤珊瑚だね。英語で言えばオックスブラッド。ルビーの最高級品はピジョンブラッド、すなわち鳩の血と称するが、珊瑚の場合は雄牛の血と呼ばれる」

「確かに血みたいな赤ね」藍が萌菜を見やった。

「白いほうは、手もとにあるのよね？　二つ一組で保管していただろうに、一つだけ置き忘れてくるなんて不思議よね」

「そこが、わたしもわからないんです」

萌菜は首をかしげた。

「こんな想像するの、性格悪いんですけど……やっぱり彼が、箱から抜いて隠したんじゃないかって気がします。片方だけだからお金目当てじゃなく、いやがらせが目的でしょう。出ていくわたしが忌々しくてやったんだと思います」

「もしくはきみを引きとめたくて、だね」

部長は顎《あご》を撫《な》でた。

「男女問わず、未練たらしい人間は盗みくらい平気でやってのけるよ。一緒に暮らしていたなら、林田さんにとって珊瑚珠がどれだけ大切かも知っていただろう。きみから何度も連絡が来る現状を、楽しんでいるのかも」

「だとしたら、たちが悪いな」森司は顔をしかめた。

「祖母の形見ですもんね。こっちにしたら、あきらめられませんよね」

萌菜が「ええ。……いえ」とちいさく言う。

「形見だからというのも、もちろんなんですけど……。じつは取り戻したい理由は、ほかにもあるんです。こちらはオカルト研究会ですよね？　それなら、笑わないで聞いてくださると信じます。じつはわが家には、伝承があって」

萌菜はわずかに間をあけ、息を吸いこんでから、

「――〝二つの珊瑚珠はけして離すな。離すと、かならず不幸が起こる〟と言われているんです」

と言った。

その顔は真剣そのもので、頬が強張《こわば》っていた。

「もともとの持ちぬしだった曾祖母は、双子姉妹でした。曾祖母の名は八重《やえ》。双子の妹の名はハツヱ。珊瑚珠は二人が生まれたときに、お祝いとして買った品なんだそうです。白が曾祖母、赤がハツヱさんのものでした」

「それぞれのもの――なのに、いまも二つ一組なの？」

「ええ。ハツヱさんは体の弱い曾祖母を置いて奉公に行き、向こうで病死したんだそうです。こき使われてむごい死にかたをしたそうで、帰ってきたときは遺骨でした。骨とともに戻ったのが、この珊瑚珠です」

萌菜は睫毛《まつげ》を伏せた。

「それ以来、曾祖母はけっして二つの珊瑚珠を離さなかったそうです。『ハツヱさんとわたしは、ずっと一緒でなけりゃいけなかった。無理に引き裂いたから、不幸が起こった。ハツヱさんの魂が宿った赤の珊瑚珠は、今度こそ白から離してはいけない』と言って……。受け継いだ祖母はその教えを守ったせいか、大禍なく一生を終えました。何度か災害に見舞われながらも、禍《わざわ》いをすり抜けるように生きてこられたそうです」

「要するに、一種の守り神みたいなものなんだね」

部長は言い、森司に首を向けた。

「だから取り戻したいけれど、元彼が林田さんのメールやLINEを無視するもんだから、困りはてて藍くんに相談したってわけさ。えーと、藍くんはいくらで泉水ちゃんを雇ったんだっけ？」

「大勝食堂雪大前店の、カツカレー食券十枚綴《つづ》りよ」

　藍は即答した。

「前払いで十枚、成功したらもう十枚。あそこのカツカレー、最近値上げしたでしょう。一食八百円超えちゃうと、苦学生には痛い出費よね」

「だから、いい副業だと思って引き受けた。ちょうどバイトの行き帰りに寄れるアパートだったしな。だが残念ながら、いまだに元彼の宗近《むねちか》とやらには会えていない」

　と泉水。

「で、話がさっきの〝泊まり込みで十一連勤〟に戻るわけだ。殺人的に忙しいバイトらしいが、メール一本読めない環境ってこたぁないだろう。やはり意図的な無視と見て、こつこつ地道に通うしかなさそうだ」

「はあ……」

　大変ですね、と森司は気の抜けた相槌《あいづち》を打った。

　メインは形見の珊瑚珠だが、ここでも話は過酷なバイトに繋《つな》がるらしい。ノルマがきついバイト先のせいで恋人とすれ違い、別れ、いまもってこじれているのに、男はバイト先から帰る様子がないという。

　よほどやりがいのあるバイトなのか、それとも辞められない事情でもあるのか。いずれにしろ、休みなしの十一連勤は森司にとって未知の世界であった。

「あ、言っておくけど、八神くんはこの件に参加しなくていいからね」

藍が笑顔で言った。

「オカルト案件ってほどじゃないし、きみに〝視て〟もらう必要はないもの。八神くんは、来たるおうちデートのほうに専念してちょうだい」

にこやかに励まされてしまった。

黒沼従兄弟《いとこ》コンビも、横で異存なさそうにうなずいている。

「ありがとうございます……」森司はしおらしく一礼した。

2

全国に三百近い教室を持つ『ES個別指導塾』の新潟西教室は、最寄りのバス停から徒歩一分、地方銀行の支店と針灸《しんきゅう》医院に挟まれて建っていた。

昨年リフォームしたばかりの、オフホワイトを基調としたモダンな建物だった。天井が高く、窓が多く、開放感のある内装は三十代の保護者に人気が高い。

生徒は中高生が中心である。きめこまかいケアと、生徒一人一人の個性に合わせて練る受験対策カリキュラムが売りだ。

授業は講師と一対一か一対二かを選べるコースで、一コマが九十分。生徒と目線の近い、大学生講師が多いことも人気の一因と言われる。

その『ES個別指導塾』の事務室では、今日も五十里《いかり》岳明《たけあき》の濁声《だみごえ》が大きく響きわたっていた。

「ええっ、休みたい？　きみそれ本気で言ってんの、マジで？　ていうか休める情況だと思ってる？　責任感ないの、きみ。ていうか責任感て言葉わかる？　日本語通じる？　通じるよなあ、古文を担当してんだから」

　ははっ、とわざとらしい笑い声をあげる。

　五十里の眼前に立つ講師は、唇を噛《か》んでうなだれていた。バイトリーダーである五十里に、休みの申請書を出してすぐの罵倒《ばとう》であった。

　講師とはいえ学生バイトの身で、大学一年生である。ふっくらした頬は幼さを残し、肩も胸板も薄い少年の体つきだ。そんな彼の頭を、五十里はまるめたテキストで無遠慮にひっぱたいた。

「なあ、知ってるか？　きみがいまやってるこのバイトって、相手がいるんだよ、生徒っていう、れっきとした相手がいるんだ。わかる？　きみがつまんない我儘《わがまま》で休みたがった一日のせいでさ、生徒が受験に失敗したらどうしてくれんの？　なあきみ、責任とれる？　受験に落ちるって、生徒の一生を左右する重大事なんだけど、きみなんかにその責任とれんのかな。一生その罪悪感を背負っていく覚悟ある？　へえ、ないの。覚悟ないのに休みたいとか言っちゃったんだ。あっそう。あーあ、生徒が可哀想だね。きみはどうでもいいけど、きみなんかを信じて授業を受けてた生徒が可哀想。無垢《むく》な信頼に対する裏切り、ってやつだよな、これ」

うつむいていた講師が、ちいさく洟《はな》を啜《すす》りあげる。両の目はうっすら潤み、握った拳《こぶし》は震えている。

「なあ」

五十里は、講師の肩を叩《たた》いた。びくっとその体が跳ねる。

なだめるように五十里は肩を撫でて、

「わかってるよ」と言った。

「おまえだってほんとは、休めないって知ってるんだよな。ただちょっと、言ってみたくなっただけだよな。……うんうん、わかってる。おれは全部わかってるよ。おまえがそんないい加減なやつじゃないってことはさ。おまえは生徒をほっぽらかして、遊びに行けるようなやつじゃない」

とささやいた。いつの間にか「きみ」が「おまえ」に変わっていた。

「この塾はさ、みんなが責任持ってやってんだ。生徒の人生がかかってんだから、当たりまえだよなあ。それをさ、代わりの人員も探さないで『休みたいです』ってだけで、ほいほい休めるわけないじゃんか、なあ」

「…………」

「返事しろよ、おい」

「……はい」

「はいってなんだよ」爪《つま》さきで脛《すね》を蹴《け》る。

「……すみ、ません」

「すみませんじゃねえよ。なんだって訊《き》いてんだよ」

「………」

「なあ」

五十里は、講師の顔を真下から覗《のぞ》きこんだ。

「受験まで、あと何箇月もねえんだ。わかってるよな？　うん、おまえ、そこまで馬鹿じゃねえもんな。わかってて休もうとしたんだ。生徒が頑張ってんのに、ほかの講師だってぎりぎりでやってんのに、おまえだけ楽しようとした。だろ？　なんでかなあ、勘違いしちゃったんだな。自分はトクベツみたいに思った、いや、思い上がっちゃったのかな？　駄目だよ。そんなんじゃおまえ、社会に出たらやっていけないよ？」

猫撫《な》で声だった。

だが講師は、ついに泣きだした。啜り泣きが、事務室に低く落ちる。

「……すみません、すみま……」

息を詰まらせ、しゃくりあげながら講師は言った。

「でも、単位が――出席日数も、そろそろ、やばくて。レポートも、全然、出せてないし、このままじゃ……」

「留年か？」五十里は鼻で笑った。

「知るかよそんなの。てめえの単位もレポートも、全然うちの生徒と関係ねえよな？

てめぇが要領悪かったってだけだよな。なんでこっちにツケを押しつけようとしてんだ？　あぁ？　なに被害者ぶってんだよ。ガキかよ、恥ずかしくねぇの？」

「……、っ――……」

「ダイガクセーにもなってよぉ、恥ずかしくねぇのかって聞いてんだよ。なあ、なに泣いてんだよ。泣きゃあ許してもらえんのは、小学生までだぞ？　聞いてんのかよてめえ、返事しろっつってんだよ」

ふたたび脛を蹴りつけた。今度は渾身《こんしん》の蹴りだ。

講師はのけぞり、その場に脛を抱えてうずくまった。

泣き声が高くなる。いまにも過呼吸を起こしそうな、切羽つまった啼泣《ていきゅう》であった。

五十里は「うっぜえな」とちいさく舌打ちして、二十秒数えた。
十七、十八、十九、二十。
ふうっと息を吐いた。表情を消し、講師の肩にぽんと手を置く。

「――わかりゃいいんだよ」

彼の耳に、口を寄せた。

「わかってくれりゃあいい。うん、大丈夫だ。今日のことは全部水に流すさ。おまえだって、悪気があったわけじゃないんだよな。ちょっと甘えてみたかっただけだよな。わかってる、心配すんな。このことは、藤田《ふじた》さんには言わないでおく」

藤田さんとは、『ES個別指導塾』の正社員の名だ。複数の教室を巡回する多忙な身ゆえ、週に二、三度しか顔を見せないが、大半の講師が恐れている厳しい社員である。

五十里の言葉に、講師の頬がかすかにゆるんだ。

「おれのとこで、この申請書は止めておくよ。だから、ほら……な？」

休日申請書を、五十里は講師の手に返した。

「破れ」

にっこりと言う。

「おまえの手で、いますぐ破れ。そしたら全部なかったことにしてやる。藤田さんには言わない。査定にも付けない。なにもかも不問だ。——どうする？」

十秒後、休日申請書は講師みずからの手で破かれた。

ただちにシュレッダーにかけられ、記名すらわからない細切れの紙片になった。

講師が肩を落として悄然《しょうぜん》と出ていく。その背中を見送って、

「……岳《タケ》ちゃん、やりすぎだよ」

と小声で諫《いさ》めたのは、同僚であり幼馴染《おさななじ》みでもある室谷羽瑠《むろたには　る》であった。

「どこがだよ」

五十里は椅子にもたれ、顔をしかめてうそぶいた。

「この程度でぴいぴい泣いてちゃ、社会じゃつとまらねえよ。学生のうちに教えてもらえて、あいつは運がいいんだ。働いて金もらってるって自覚がねえうちは駄目なんだよ。金を稼ぐってのは、そんな甘いもんじゃないんだ」

「もう……」

羽瑠はテキストを揃えて閉じ、

「そんなこと言ってるけどさ、岳ちゃんはこの塾に不満ないわけ？　ここの働かせかたって、ブラックもいいとこじゃん」

とため息をついた。

「確かに『一コマにつき千六百円』って給与条件は、一見好待遇に思えるけどさ、一コマって九十分だもん。時給に換算したらたいしたことないよね。おまけにこの『一コマ千六百円』以外の仕事は、全部タダ働き。受験対策カリキュラムの作成も、保護者との面談も、授業成果報告書の作成も無給。教室の掃除も無給。その上、担当してる子の成績が下がったら始末書もどきのレポートは書かされるし、帰宅してからも生徒からのLINEにはかならず返事しなくちゃいけない。なんやかんやで、寝るのは毎日午前二時とか三時よ。そのせいで、大学の勉強が全部おろそかになってる。……こんなの、どう考えてもおかしいでしょ？」

「しかたねえだろ」

五十里は投げ出すように言った。

「おれたちは、生徒の人生背負ってんだよ。責任があるんだよ。金カネ言うな、みっともねえ」

「金カネ言うなって……。さっきと言ってること違うじゃん。『金を稼ぐのは甘くない』

って言ったり、お金の問題じゃないみたいなふりしたり、おかしいよ」

羽瑠は頬を紅潮させた。

「そりゃわたしだって、みんなが休めないのに自分だけ休むなんて、って思うよ。この塾、人手が足りなさすぎるもんね。わたしも岳ちゃんも、受け持ちは週二人か三人だけのはずだったのに、いまは予定の何倍もの生徒を抱えてる。大変なのはみんな同じだから、自分だけ楽できないと思って、つい引き受けちゃってた。その結果がこれ。ぎりぎりの人数で、ずっとぎりぎりでまわしてきた。病気になっても休めなくて、試験の日までシフト入れられそうになって、『その日だけは無理です』って必死に藤田さんに頭下げて……。もういやだよ、こんなの」

「いやなら、どうすんだよ」

五十里はそっぽを向いた。

「いやだいやだって駄々こねたところで、なんにもなんねえだろ。目の前から仕事が消えるわけじゃねえんだ。やるしかないんだよ。それともおまえ、辞めるのか？」

「それは……、ええと」

羽瑠が口ごもる。五十里は勢いこんで、

「ほらな、辞められやしねえだろ。まだ学期の途中だ。おまえは受験前に生徒をほっぽって辞めるような、人でなしにはなれねえよ。そんなやつじゃないって、幼馴染みのおれがいちばんよく知ってる」

羽瑠はぴしゃりと言った。

「そういう手管を、わたしに使うのはやめて。——わかってる。いますぐは辞められないよ。でも来年の三月で、一区切りさせてもらおうと思ってる。最悪、退職することになるかもね。そこは藤田さんと話し合わなきゃ」

「おい」

五十里がはじめてうろたえた。

「馬鹿かおまえ。藤田さんがそんなの、許可するわけねえだろ。バイト先と揉《も》めて辞めたなんて、就活にも影響するぞ」

「それ、藤田さんの決まり文句だよね。『バイト先と揉めて解雇されたなんて、バレたら就活に不利になるよ、いいの？』ってやつ」

羽瑠はうっすら笑った。

「わたし先月、学生課に相談したの。そしたらちゃんと相談にのってくれたよ。十四日前に退職の意思を伝えていれば、辞めても法律上問題ないんだって。もし脅されたり、しつこく引きとめられたら、専門のユニオンを紹介してくれるとも言ってた」

「おまえ……」

マジかよ、と五十里がぶつぶつ言う。

羽瑠は身をのりだして、

「ねえ、岳ちゃんも三月で退職すること、考えてみて」と言った。

「知ってるよ。せっかく院生になれたのに、研究室にほとんど通えてないよね？　レポートも全然提出できてない。おまけに藤田さんに言われて、受け持ちの生徒を増やしたんだよね。わたしに内緒にしてたつもりだろうけど、知ってる」

「………」

「……うるせえよ」

五十里は小声で反駁《はんばく》した。

「辞めたきゃ辞めろ。おれは、おまえとは立場が違うんだよ。バイトのリーダーを任されてる。信頼されてるんだ。背負ってる責任が違うんだよ」

彼は羽瑠を見なかった。うつむいたまま、唸《うな》るようにそう言った。

羽瑠がふっと息を吐き、身を離す。

「わかった。……でも、わたしの意思は伝えたからね」

椅子から立ちあがる。テキストを胸に抱え、

「お疲れさま」

ちいさく告げて、事務室を出ていく。

五十里は最後まで顔を上げなかった。膝《ひざ》の上で指を組んだまま、しばらく微動だにしなかった。

どれほどその姿勢でいただろうか、事務室の引き戸がひらいた。

救われたような思いで、五十里は首をもたげた。顔にいびつな笑みを浮かべる。

「——よう。お疲れ、宗近」

「お疲れさまです」

この『ES個別指導塾』で、五十里と同じほど生徒を抱えている宗近壮吾《むねちかそうご》だ。確か今日で十二連勤になる。

さすがにひでえ顔いろだな。隈《くま》も真っ黒だ——と考えかけ、五十里は内心で苦笑した。人のことは言えない。おれだってきっと、似たようなツラをしてるに決まっている。

しかし宗近をねぎらう気はなかった。

ここで手綱をゆるめたら、あいつは調子にのってしまう。学生バイトなんてそんなものだ。絶えず厳しくすることで、責任感を植えつけねばいけないのだ。

「おい、報告書は仕上がったのか？　藤田さんに見せる前に、おれに提出するんだぞ。いい加減な内容だったら、何度でもやりなおしさせるからな」

突きはなすように言い、五十里は椅子を半回転させた。

3

午後の部室で、森司は鈴木と向かいあって雑談をしていた。

講義と講義の合間の、まさしく〝雑〟談としか言いようがない無駄話である。部室の主である黒沼部長が研究室へ行ってしまったので、「百均ショップの毛玉取りが意外と使える」だの、「業務スーパーのさんま缶で一箇月食いつなげる」だのと、話題がじつに低俗だ。しかしそれが落ち着くというか、くつろげる。

「そういや三丁目の角地、なんか建設中だよな。とくに看板も出てないけど、あれってなにが建つんだろう？」

「またドラッグストアと違いますかね。ほんまに増えるのは、コンビニとドラッグストアばっかで……」

鈴木が声を呑《の》みこんだ。

部室の引き戸がひらき、ゼロコンマ数秒で素早く閉まったからだ。

その短い開閉の間にすべりこんできたのは、細い小柄な影であった。灘こよみだ。

「ど、どうした灘」

森司は目をまるくした。

走ってきたらしく、こよみは息を切らしていた。額にうっすら汗が浮いている。

「誰かに追いかけられたのか」

「いえ、あの、よくわからないんですが」

こよみは息をおさめようと努力しながら、

「稲生藤乃さんが、こっちのキャンパスの図書館に用があったそうで、学食の前でばったり会ったんです。『ついでだしお茶でも』と話していたら、ちょうど図書館から出てきた小山内くんが、こっちに気づいて駆け寄ってきて……」

と言う。森司はごくりとつばを呑んだ。

「そ、それでどうした」

「なぜか稲生さんが『引き止めておくから、行って』とわたしの背中を押すんです。なのでつい、言われるがままに走ってしまったんですが」

こよみは首をかしげた。

「よく考えたらわたし、なぜ逃げたんでしょう。気づかないうちに小山内くんを怒らせていたのかもしれませんが、心当たりがないんです。逃げずに、話し合って誤解を解くべきでした」

「いや、ええと……、大丈夫だよ」

森司は言葉を濁した。小山内がなにをしたかったかは、おおよそわかる。だがそれをこよみに説明しきれない。

「大丈夫、きっと小山内の勘違いだ。おれから、あいつによく言っておくからさ。灘は気にしないでいい」

「はい」

ではおまかせします――と、安堵《あんど》したようにこよみは言った。

「おれ、ちょっと表見《け》てきますわ」鈴木が腰を浮かせた。

「まさか急襲しては来えへんと思いますが、もし見かけたらなだめときます。小山内さん、おれには当たりがやさしいんで」

「そうか。小山内のやつ面食いだもんな」

森司は納得して鈴木を送り出した。

同時に、胸中で「稲生さんありがとう」と感謝する。どうやら先日の顚末《てんまつ》により、オカ研メンバーの森司に恩義を感じてくれたらしい。賢い女性ゆえ、瞬時にいろいろ察してくれたのだろう。

森司はこよみに向きなおり、

「灘、なにか飲むか？　走って喉《のど》が渇いただろ、コーヒー……」

しかし言葉のなかばで、またも引き戸が開いた。

「なんだ、早かったな鈴木」と振りかえる。

しかし入ってきたのは、鈴木でも小山内でもなかった。

黒沼従兄弟《いとこ》コンビと、林田萌菜であった。

泉水が萌菜を支えるようにしている。気分が悪いのか、彼女は掌で口を覆っていた。

森司は慌てて立ち上がり、自分の椅子を萌菜に譲った。

「ど、どうぞ。――というか、え？　どうしたんです？」

「藍くんから連絡が入ってね。アパートまで、ぼくらで林田さんを迎えに行ったんだ。藍くんは仕事で抜けられないから」

「すみません。でも三田村先輩しか頼れる人がいなくて……。平日の昼間にご迷惑とは思ったんですが、電話してしまいました」

「ということは、なにか……」

なにかあったんですか、と問いかけて、森司はぞくりとした。

急いで萌菜から体を引く。失礼とはわかっていた。だが、彼女に身を寄せているのがいやだった。近くにいたくなかった。体内で、警報がけたたましく鳴っている。

萌菜は眉《まゆ》を曇らせた。

やはりわかるのか、と言いたげな顔つきだった。彼女は肘《ひじ》に提げたトートバッグに視線を落とし、

「この中です」と言った。

「迷ったんですが、部屋に置いたきりにしておけなかった。――昨夜から、ずっとこうなんです。こんなのははじめてです」

森司は薄目でトートバッグを見やった。

萌菜の言うとおり、異様な気配はバッグから漂っていた。

声なき声が、空気を震わせている。啼《な》いている、と森司は感じた。片割れを求めて、訴えている。なぜ離したのだ、なぜ一緒にさせておかなかった、と責めている。

恨みのこもった、悲しげなおめきだった。

「見せてもらってもいい?」

部長が尋ねる。萌菜はうなずき、トートバッグを下ろした。

取りだされたのは、風呂敷《ふろしき》に包まれた桐箱だった。朱房をとき、箱を開ける。絹の座布団に珊瑚《さんご》がおさまっているさまは、以前見せられた画像のとおりだ。しかし画像とは違って、在るのは白珊瑚だけだった。

不揃いだ、と森司は思った。

箱の片側が大きく空いているからだけではない。存在そのものに均衡がとれていない。一つだけでは足らないのだ――。不完全なのだと、ありありと理解できた。

「失礼」

泉水が横から手を伸ばし、箱を持ちあげた。珊瑚には直接触れず、箱を目の高さまでかざす。

次いで泉水は、森司の目線に合わせて箱をおろした。

森司はまぶたを半分だけ下ろした。そして視た。

白珊瑚は、完全な純白ではなかった。ごくわずかだが、表面に薄桃いろの斑《ふ》が散っている。

その斑は、女の顔をしていた。

一人ではない。複数だ。いったいどれほど宿っているのか、目を凝らせば凝らすほどわからなくなる。多い、としか言えない。数えきれないほど多い。

数十人の女が、珊瑚の表面で呻《うめ》き、もがき、身をよじって泣いていた。苦しみ悶《もだ》えていると言ってよかった。

「な、──なんですか、これは」

森司は泉水を見上げた。

「事情はわからん」泉水が応《こた》え、

「だが、こいつは片方だけにしておくと〝安らげない〟しろものらしいな。だからこそ、最初から一対であつらえた。まだ白が手もとにあるぶん事態はましなようだが、それでも長く離しすぎたようだ。限界が来たんだろう」

「限界、って……」

森司はいま一度珊瑚を見た。

女たちの歪《ゆが》んだ泣き顔に、恐怖と憐《あわ》れみが同時にこみあげる。なぜ泣いているのかは、わからなかった。ただ、ひどく悲痛な表情だった。顔をそむけたくなるほどの、せつない啼泣《ていきゅう》である。

「ぼくにはなにも視えないけど、とにかく一刻も早く、片割れと一緒にさせなきゃいけないってことだね？」

部長は言い、萌菜を見やった。

「林田さん。きみは先日、この珊瑚珠に〝けして離すな。二つを離すとかならず不幸が起こる〟との言い伝えがあると語った。具体的には、過去にどういった不幸が起こったのかな？」

「くわしくは、知らないんです」

萌菜は胸を手で押さえて、

「聞かされてきたのは、まず曾祖母《そうそぼ》の妹のハツヱさんがむごい死にかたをしたこと。それから三十年ほど前に泥棒に入られたとき、珊瑚珠を別べつの質屋に売られてしまったことです。でも『泥棒は死んだから、その後に警察を経由して返された』としか聞かされていません」

「泥棒は死んだから、か。詳細がわからないだけに意味深だね」

部長はこめかみを掻《か》いた。

「こりゃあ元彼くんのアパートに行ってみたほうがいいかな。ひとまず安否だけでも確認したい。泉水ちゃん、ぼくからも食券十枚追加するから、車を出してくれない？」

言い終えて、かたわらの森司に気づく。

「あ、八神くんたちは今回ノータッチだったっけ。ぼくらだけで――」

「いえ」

こよみが決然と言った。

「わたしも行きます。林田さん、いまにも倒れそうじゃないですか。部長と泉水さんが赤珊瑚を探す間に、わたしは林田さんのケアを」

「あのう、おれも行きます」森司は片手を上げた。

「おれに取り立て屋は無理でしょうが、珊瑚の片割れを探す手助けくらいはできるかと」

「きみたち、お人好《よ》しだねえ」

部長は苦笑して、

「じゃあお言葉に甘えて、みんなで行くとしようか。あ、藍くんに『八神くんたちを巻きこむな』って言われてるから、彼女には内緒ね」

と唇に人差し指を当ててみせた。


林田萌菜の元彼こと宗近壮吾の住まいは、雪大から電車で一駅、車なら約二十分の距離に建っていた。

新築とおぼしき瀟洒《しょうしゃ》なアパートである。年代もののアパートに住む森司から見れば、

「なるほど、これなら迷いなく彼女と同棲《どうせい》できるわな」とやっかみたくなるような外観だ。

雨染みひとつない壁は、オフホワイトとモカベージュのツートン。外からの目隠しを兼ねるベランダの柵《さく》が高い。敷地の広さからして間取りはワンルームでなく、最低でも1LDKだろう。

「壮吾くんの……彼の部屋は、一〇三号室です」

萌菜の案内で、一同は一階の奥へと向かった。

扉の新聞受け兼郵便受けは、前に泉水が言ったとおり、ダイレクトメールやら不動産のチラシで塞《ふさ》がっていた。人の気配はなかったが、一応チャイムを押した。

返事はない。今度は扉を叩《たた》いて呼んでみる。

「すみません。宗近さーん、いませんか」

やはり返事はなかった。

「宗近さん、いませ……」

「お隣なら、ずっといないよ」

真横からかすれた声がした。

寝起きの声だ、と森司は振りかえった。隣室のドアが薄く開き、声のぬしが半分だけ顔を覗《のぞ》かせている。髭《ひげ》の伸び具合からして、やはり寝ていたらしい。

「半月くらい、ろくに帰ってないっぽいよ。あんたら、お隣の知りあい？」

「ええ、まあ」

「じゃあ伝言しといてよ。帰ったら目覚まし時計のアラーム解除してくれって。毎朝七時にきっちり鳴るから、すげえ迷惑してんだよね。まわりは規則正しく動いてる学生や勤め人ばっかじゃないんだ。ちったぁ想像力働かせてほしいね」

言うが早いか、ばたんと戸を閉ざしてしまう。

部長は肩をすくめた。

「だそうだよ。このアパートで張っても無駄みたいだね」

「おれもそう思う」泉水がうなずいて、「宗近だけじゃない。この扉の向こうには、珊瑚の片割れも存在しない」と言った。

「共鳴する気配がまるでないからな。どうやら宗近のやつが持ち歩いているらしい」

「林田さん」

部長は萌菜を振りむいた。

「平日のこの時刻だと、宗近くんは大学かな？　おおよその講義って把握してる？」

「いまは講義じゃなく、バイト先の学習塾にいるはずです」

萌菜は即答した。

「ちなみに塾はすぐそこです。車なら二分とかかりません」

「決まりだね。よし行こう」

しかし『ES個別指導塾』の受付係は、ひどく愛想の悪い女性だった。

「部外者は通せません。講師と連絡をとりたい？　それは個人間の問題でしょう。携帯にかければいいじゃないですか。彼が電話に出るかどうかは、うちに関係ないことです」

木で鼻をくくったよう、という形容がぴったり来る。なまじ美人なだけに、眉《まゆ》ひとつ動かさない顔に迫力があった。

しかたなく一同は塾を出て、駐車場に退避した。

縁石に腰かけ、部長の携帯電話から宗近の番号にかけてみる。三コール鳴ったところで、疲れた男の声が応答した。

「はい、宗近で——」

「壮吾くん！」

　飛びつくように、萌菜が送話口に向かって叫んだ。

「お願い、話を聞いて。あれを返して。あれはほんとうに大切なものなの。馬鹿げて聞こえるかもしれないけど、他人が持っていていいものじゃないのよ。おまけに、もう一つと引き離すなんて……」

　しかし、みなまで言うことはできなかった。

「仕事中に、なんだ！」

　宗近は火の出るような声で怒鳴りかえしてきた。

　萌菜ばかりか、森司まで息を吞《の》むような語気だった。

「こっちはな、遊びじゃねえんだよ。金もらって、責任背負って働いてんだ。くだらないことで、こっちの労働時間を削るんじゃない！　いいか、二度とかけてくるなよ、次は迷惑行為で通報するからな！」

　通話が切れる。

　あっけにとられ、一同は顔を見合わせた。

「……通報するってさ」

「強気ですね」森司は呆然《ぼうぜん》と言った。

「どっちかというと、盗品を所持してる向こうのほうが弱い立場と思うんですが。いや、盗品かどうかは微妙なラインか。元交際相手のものだから、民事不介入ですかね」

「こまかいこたぁどうでもいい」

泉水が割って入った。

「問題は、宗近壮吾とやらの精神状態が揺らいでるってことだ。やつはもともと、あんな男じゃなかったんだろう？」

「はい」

萌菜は顔いろを失っていた。

「あんなふうに、怒鳴ったりする人じゃありませんでした。前はすごくやさしい、穏やかな人で……。あの口調だって、本来の彼の口調じゃありません。たぶん、バイト先の誰かの影響です」

「やれやれ」

部長がため息をつく。

「悩ましいね。宗近くんの人格が変わったのは、過酷な体育会系バイトのせいか、珊瑚《さんご》のせいか、はたまた両方か。……ともあれ今日は、本人に会える見込みはなさそうだ。でも収穫ゼロで帰るのも悔しいね」

部長は萌菜に首を向けた。

「林田さん、どなたか珊瑚のいわれを知っていそうな親戚《しんせき》はいない？　最初の予想に反して、ことが大きくなってきたようだ。珊瑚の背景にあるいわくの、正確なところを知っておきたい」

「はい。ええと……」

五分後、一同を乗せた泉水のクラウンは村上市《むらかみ》に向かって走りだした。

萌菜の大伯父《おおおじ》、つまり亡き祖母の兄が住まう土地であった。

4

五十里は給湯室の蛇口をひねった。勢いよくほとばしる水をコップで受ける。ぐいと一息に呷《あお》って、顔をしかめた。

——なんだこれ、生ぐさい。

水道水の味が落ちた、と言われて久しい。だがここ最近はさらにひどいようだ。

この『ES個別指導塾』が使っている水道は、直結給水方式だ。ぼうふらが湧くような貯水槽式じゃないのにな、と首をかしげる。

よその水もこんなにまずいのだろうか。カルキくさいだとか、錆《さ》びくさいのとはまた違う。しいて言えば、漉《こ》していない川の水の味に近い。

川魚の堆積物《たいせき》が混じった泥の味——。そう、死んだ魚の発する臭いがする。

残りの水を流しに捨て、五十里は舌打ちした。

いまいましい。このところ、不愉快なことだらけだ。

あれから羽瑠とはろくに連絡がとれない。LINEしても既読無視ばかりだった。入塾生が伸びなやんでいるとかで藤田さんはずっと機嫌が悪いし、羽瑠から退職の意向を聞かされたのかもいまだ確認できていない。

――ああくそ、寝てないせいかな。頭痛がする。

昨夜は何時間寝たっけ。三時間？　それとも四時間？

こめかみをきつく押さえる。でも応接室のソファで横になれただけ、ましだった。机に突っ伏して寝ると、起きたとき体の節ぶしが痛んでつらい。おかしな体勢で寝たせいで、何時間も腕や指さきが痺《しび》れたままの日だってあった。

ふと、甘い香りが鼻さきをかすめた。

なんだろう、と五十里はいぶかしんだ。この時間に女の講師はいないはずだ。しいて言えば受付係がいるが、彼女が二階まで来ることは滅多にない。

――なんだか懐かしい香りだ。

そう、遠い昔に祖母の家で嗅《か》いだような。

無意識に振りかえりかけて、五十里はぎくりと身を強張《こわば》らせた。

扉の陰に、女がいた。

顔をそむけている。ここからは片頬の輪郭と耳の一部しか見えない。

だが、女だとわかった。髪が長いわけでもなく、体形が浮き出ていたわけでもない。なのに若い女だと瞬時に理解できた。若いというより、少女の範疇《はんちゅう》だ。

誰だ、という疑問は浮かばなかった。

ここにいるはずのない女だ。だがなぜか、追い出さなければ、という思いも湧かなかった。

どうしてこの部屋はこんなに暗いんだろう——。場違いなことを五十里は訝《いぶか》った。まだ日は高いはずだ。窓から十二分な陽射しが降りそそいでいるはずだ。

なのに、ひどく暗い。空気が生ぐさい。

いまだ舌に残る不快な味と、そっくりの臭さだ。死んだ魚の臭気。そして妙に甘ったるい、この香り。

——椿油だ。

ふいに答えが浮かんだ。

そうだ、この香りは椿油だ。祖母の化粧台の小瓶が、まぶたの裏によみがえる。甘さの底に、酸化した油をたたえた香り。

——……には、……が来るよ。

五十里はすくんでいた。

理由はわからない。だが彼はその場から動けなかった。

まだ昼間だ。よく見知っている部屋だ。出入り口には警備員だっている。見知らぬ女など、入ってくるはずのない場所だった。なのに耳の奥で、誰かがささやく。

——に……られて、……れちゃうよ。

誰の声だろう、五十里は考えた。

香りと同じほど懐かしい声だった。祖母だろうか。でもそれならば、なぜおれは動けずにいるんだろう。祖母の声だとしたら、どうしてこんな気持ちになるんだろう。ときに苛烈《かれつ》なほど厳しかった祖母。その唇がおれに向かってひらいて、そして。

——……ガミが、来るよ。

五十里はくぐもった悲鳴をあげた。

その刹那《せつな》、かすかな水の音がした。

蛇口に溜《た》まっていた一滴の雫《しずく》であった。シンクに落ち、跳ねかえる。その音とともに、ふっと女の気配が消えた。

五十里は目をしばたたいた。

——いない。

女の姿はかき消えていた。生ぐさい臭いも、椿油の匂いも消えている。漂っているのは嗅ぎ慣れた、ルームフレグランスの人工的な香りだけだ。

廊下側の窓から、溢《あふ》れんばかりの陽光が射しこんでいた。

五十里はシンクにもたれかかった。

——幻覚か。

睡眠不足と疲労が、彼にありもしない女の姿を見させ、幻臭を嗅がせたのか。

でも、背中と腋《わき》、うなじを伝うこの冷や汗は現実だ。若く頑健だと驕《おご》っていたが、体はすでに悲鳴をあげていたのだろうか。

「か、帰って、寝……」

そうつぶやきかけたとき、人影が射した。

反射的に振りかえる。

しかし、女ではなかった。そこに立っていたのは宗近壮吾だった。五十里の大げさな反応に、目をまるくしている。

かっと五十里の頬に血がのぼった。

羞恥《しゅうち》がこみあげる。馬鹿かよ、と己を罵《ののし》る。

馬鹿かおれは。あんなの気のせいに決まってるじゃねえか。ちょっとした見間違いで、錯覚だ。この程度で疲れたなんて、甘っちょろいこと言ってんじゃねえよ。

「なんだよ」

五十里は宗近を睨《にら》んだ。気恥ずかしさで、つい態度がきつくなる。

「なに見てんだ。文句でもあるのかよ」

「あ、いえ」

宗近は口ごもった。その反応に、五十里の神経がさらに波立った。

ああくそ、こいつほんと苛々《いらいら》するな。卑屈で、おどおどして、こっちの機嫌ばかりうかがって。見ているだけでいやになる。なぜって。

――なぜって昔のおれに、そっくりだから。

ここでバイトをはじめた頃のおれに、こいつはよく似ている。威圧的な社員に怯《おび》えるあまり、気に入られようと媚《こ》びていた二年前のおれに。

だからこそだ。だからこそ、俺がやってきたことをこいつもやれなきゃおかしい。

苦労してるのはこいつだけじゃない。寝てないのもつらいのも、こいつだけじゃないんだ。

なにもかも生徒のためだ。金は大事だが、金のためだけに働くなんて下の下だ。労働でもっとも重要なのは、充足感だ。やりがいのある仕事。成果が目に見える仕事。合格を知らせに走ってくる生徒の笑顔。その笑みを見た瞬間、すべての苦労が吹っ飛んでしまう。そう生徒は心の支えだ。なにものにも代えがたい宝だ——。

そこで五十里は口中のつぶやきを止めた。

ようやく気が落ちつきつつあった。

彼はもたれていたシンクから背を離し、

「……おまえ、掃除はちゃんとやっとけよ。教室の隅に埃《ほこり》が溜まってたぞ」

と宗近の肩を強く小突いた。

5

萌菜の大伯父《おおおじ》は、新興住宅地の一画に長男一家とともに住んでいた。

八十歳をとうに過ぎているが、「長らく関東で働いていたから」と、言葉に目立った訛《なま》りがない。手入れのいい白髪といい、作務衣《さむえ》から覗《のぞ》く筋肉質な脚といい、じつに矍鑠《かくしゃく》とした老人だ。

「わたしらは七人兄弟でねえ。上に兄が二人いて、わたしが三男。その下に弟が一人いて、萌菜の祖母は五番目だ。きょうだい唯一の女、紅一点さ」

煎茶《せんちゃ》の湯呑《ゆのみ》を前に、大伯父はそう低く語った。

ガラス障子越しに満開の山茶花《さざんか》が見える。竹垣の茅《かや》いろを背に、一重咲きの花弁の赤が

「母の八重が一卵性双生児だったというのは、そうさな、ものごころついたときには、もう知らされてたね。片割れのハツヱさんは若くして死んだそうで、母は『一生かけて供養する』、『ハツヱさんの魂を鎮めてあげられるのは、残された側のわたしだけ』とよく言ってたよ。夜ごとに聞かされる、寝物語みたいなもんだった」

「曾祖母《そうそぼ》とハツヱさんは、よく似てらしたんでしょうね」

萌菜が言う。

大伯父はうなずいて、

「写真を見たことがあるよ。当然白黒だが、色違いらしい絣《かすり》の着物姿で二人並んで写ってた。しかし不思議と、はっきり見分けはついたね。一回りほっそりして、内気そうに一歩下がっているほうが母だ。ハツヱさんは逆に活発そうだった。陰と陽、とは言いす

ぎかもしれんが、一目で性格の違いが見てとれた」

　煎茶を啜《すす》って言う。

「わたしらが生まれた村じゃ、『男女の双子と違って、同性の双子は宝子だ』と言われていたそうだ。前者はほら、心中の生まれ変わりがどうのっていう埒《らち》もない迷信さね。しかし同性の双子は逆に、分かれて生まれた一対だから縁起がいいんだそうだ。まあ言われてみりゃ確かに、福ぶくしいものってのは二つで一対になってることが多い。鶴と亀、紅と白、福禄寿《ふくろくじゅ》と寿老人といったふうにな。だから祖父母は喜んで、双子に紅白の珊瑚《さんご》を買い与えた。当時にしちゃあ相当な値打ち品だったそうだ」

「珊瑚それ自体が、魔除《まよ》けや厄除けの縁起ものですからね」

　黒沼部長が相槌《あいづち》を打った。

「ほかにも長寿や安産、幸運、家庭円満などをつかさどる、ほぼ万能のパワーストーンです」

「そうかい、わたしゃむずかしいことはわからんが、祖父母は双子の守り神として持たせたんだそうだよ。赤がハツヱさんで、白が母のものだ。成長するにしたがって二人の性格に違いが出てきたのも、周囲は珊瑚の影響だと解釈したらしい。赤つまり陽の積極性がハツヱさんにあらわれ、白の陰な穏やかさが母にあらわれたってわけさ」

「ハツヱさんのほうがご奉公に出られたのも、体が比較的丈夫だったからだとお聞きしましたが」

「母はかたくなに目に入れないようにして
「わたしゃあ映画も観たし、本も読んだがね。
大伯父は腕組みして、
けだ。まことにお気の毒です」深ぶかと頭を下げる。
「つまり紡績工場へ出稼ぎに行かれたんですね。ああなるほど、それで体を壊されたわ
黒沼部長が大きくうなずいた。
と言葉を替える。
『あ、野麦峠』。山本薩夫《やまもとさつお》監督で、昭和五十年代に大ヒットした映画だよ」
「いやそれよりも、映画のほうが有名か。こっちも古いが、大竹《おおたけ》しのぶが主演した
ゃないかね。細井和喜蔵《ほそいわきぞう》の『女工哀史』という本――」言いかけてから、
「きみたちの歳じゃあ、読んではいないだろうな。しかし聞いたことくらいはあるんじ
大伯父はしかめ面のまま、
部長が問うた。
「失礼ですが、奉公先とはどちらです？」
てことと、遺骨とともに赤珊瑚が返ってきたことだけさ」
だって誰かからの又聞きだ。確かなのはハツヱさんが奉公先でむごい死にかたをしたっ
「いやまあ、実際のところはよくわからんよ。わたしは母から聞かされただけだし、母
大伯父は目に見えて眉《まゆ》を曇らせた。
「ああ、その話な」

いたよ。『ハツヱさんがどんな目に遭ったかなんて見たくない。とても耐えられない』、『あの子の死は、自分の半身を失くしたのと同じだ。分身の死を目のあたりにするなんてできない』と言ってね。……萌菜は、映画も観たことはないだろう」

「ありません」

萌菜は首を振った。

「ハツヱさんがどこで働いていたか知ったのも、今日がはじめてです。ずっと『奉公先で亡くなった』としか聞かされてこなかったから」

「まあ、子供に聞かすような話じゃないからな」

大伯父は苦笑してから、部長をちらりと見た。

「どうやらきみは、ひととおりの情報を持ってるようだ。当時の紡績工場のなんたるかを、萌菜へ代わりに説明してやってくれないか。わたしは母と距離が近いぶん、どうにもつらくなっちまって駄目だ」

「わかりました。では僭越《せんえつ》ながら——」

黒沼部長は咳《せき》をひとつして、萌菜と部員を見まわした。

「簡単に、さわりだけ説明させてもらうね。でもきみたちも受験勉強で習ったはずだよ。近代日本の産業資本を語る上で欠かせないのが紡績業、そして紡績工場だ。この工場を支えたのが、いわゆる安い労働力であるところの女子工員たちだね。

有名な富岡《とみおか》製糸場が明治のはじめにできたのを皮切りに、日本の全国各地で紡績工場が建てられるようになる。これらの多くは二十四時間フルの昼夜操業で、表向きは六時交代の十二時間労働。しかしその実態は、徹夜ありきの十八時間労働だった。立ちっぱなしで、厳しいノルマがあり、ノルマを達成できない者は叩《たた》かれて食事抜きにされた。どこの工場も寄宿舎ありきで、遠隔地から集められた女子工員ばかりだったからね。彼女たちはすぐに帰れる家も、頼れる親戚《しんせき》もなかった。だからこそ、心おきなくこき使えたのさ。

そしてこの頃あらわれたのが、女子工員を獲得するための〝募集人制度〟だ。彼らは『学校へ行かせてあげる』だの、『楽な仕事だ』だの、『親もとへ帰りたければいつでも帰れる』だの、ていのいい甘い言葉で田舎の両親と娘をだまして、六年、七年の契約を結んでしまう。ちなみに『工場法』なる労働者のための法律もあるにはあったが、国が大企業に融通を利かせているうち、この法は有名無実化していく。かくして〝使い捨ての、いくらでも代わりのきく部品〟扱いされた女子工員たちは、この世の辛酸を舐《な》めつくすことになる。

とはいえ、もちろん全部の工場がブラックだったわけじゃないよ。実際、『あゝ野麦峠』の作者である山本茂実《やまもとしげみ》は、映画で悲惨さばかりが強調されたのが不満だったと言っている。工場の中で出世していった女性も、『郷里で、無償でこき使われるよりずっといい』と満足していた女性もいる。……だがその事実を差し引いても、過酷な労働と劣悪な環境で、使いつぶされていった女子工員のほうがはるかに多かった。結果、『哀史』

とまで題された書籍が、大正、昭和、平成の三元号を越えたロングセラーとして残ったわけだ」

「部長ほどくわしくありませんが、わたしも『女工哀史』と『あゝ野麦峠』は読みました」

こよみが言った。

「原作のヒロインが倒れたのは腹膜炎ですが、紡績工場における結核の蔓延《まんえん》や死亡率はすさまじかったそうです。当時の医学士が残した論文によれば、『工業五千人を殺す』、『工業は見様によっては白昼人を殺している』とまで書かれています。またコレラが流《は》行《や》った工場では、薬とだまして毒を飲ませ、死ぬのを待たずに次つぎと火葬場へ送ってしまったという凄惨《せいさん》な逸話もありました」

「誇張と思いたいところだがね。わが国の労働者軽視とブラック企業体質はお家芸だから、どうにも否定しきれないよ」

大伯父《おおおじ》は苦笑した。

「ではハツヱさんが出稼ぎに行った先は、たちのよくないほうの工場だったんですね」

黒沼部長が尋ねる。

「そのようだ。斡旋《あっせん》した募集人が、詐欺師まがいに弁の立つやつだったらしい。下は十一歳から上は十八まで、ちいさな村から娘の大半をかっさらっていった。郷里に戻ってこられたのはそのうち三分の一で、しかも帰ってきたときは大半が結核にやられていた。

逆に言やあ、結核にでもならない限り、帰してもらえなかったんだろう」

「その帰ってこれなかった三分の二に、ハツヱさんは入っていた。彼女も結核に倒れたんでしょうか？」

「それが、わからんのだ」

大伯父はかぶりを振った。

「ある日工場から、なんの但し書きもなく遺骨の箱が送られてきたらしい。その遺骨の中に、例の赤珊瑚が交じっていた。遺品として箱へ放りこんだのか、遺体と一緒に焼いて溶け残ったのかも不明だ。だが母は、後者だと信じていたね。『こんな高価なものを盗まれなかったなんておかしい。きっと死の間際にハツヱさんが飲みこんで、ともに焼かれたんだ。その証拠に全体にいびつになっていた』だそうだ」

「座礁珊瑚の主成分は炭酸カルシウムです。宝石珊瑚はその骨髄にあたる部分で、さらにアルカリ土類金属を含む。そのぶん座礁珊瑚よりは燃えづらいでしょうが……もしほんとうに火葬炉の高温に耐えて溶け残ったというなら、ハツヱさんの情念と恨みゆえ、かもしれませんね」

「すくなくとも母はそう思っていたよ」

部長の言葉に大伯父は嘆息して、

「ハツヱさんがどうして死んだのか、誰も正確なところを知らん。ただ結核で帰された娘の中に、彼女と同じ工場で働いていた子がいた。その子によれば、ハツヱさんが過酷な労働と折檻《せっかん》で体を壊したのは確かなようだ。その工場は脱走者が多かったから、見せしめの折檻もきついものだったんだ。たとえば裸にして柱に縛りつけ、鉄の棒で殴る。宙吊《ちゅうづ》りにして打ち叩く。髪を摑《つか》んで、霜焼けになるまで雪の上を引きずりまわす。無理やりに灸《きゅう》を据える。体に傷があるのに、雑菌まみれの便壺《べんつぼ》へ入れと強いる。おまけに霜焼けや灸の跡が膿《う》んでも薬ひとつくれず、『こうすれば治る』と傷の上から殴られたそうだ」

と声を落とした。

「母はその子から、『ハツヱさんははっきりものを言うほうだった。だから舎監に睨《にら》まれたんだ』と知らされた。『死因にまつわる噂はいくつか聞いた。でもどれがほんとうかわからない。病死ではなかったとも、舎監を殺して自死したとも聞いた』と。いずれにしろ、安らかな死でなかったのは間違いないな」

「遺骨に、異状はなかったんですか」

「老人の骨のようだったそうだ。栄養状態がよくなかったからかな。茶いろがかって脆《もろ》く、郷里に届いたときには砕けてぼろぼろだった。いまは、母の八重と同じ墓に納骨されているよ」

大伯父は湯呑《ゆのみ》を手でもてあそんで、

「生前の母は、いつも言っていたよ。『一対を離してはいけなかった』、『わたしたちが離れてしまったせいで、不幸が起こった』とね。そうして珊瑚《さんご》を紅一点の娘に――萌菜ちゃんの祖母に遺《のこ》し、『けしてこの二つを離すな』と厳命したのさ。母はとくに信心ぶかい人じゃなかったが、こと珊瑚珠に関してだけは人が変わったようになったね。……まあ無理もない。自分の半身を失うというのがどんな気分なのか、双子に生まれなかったわたしらには、理解しようもないさね」

6

その夜、森司は真剣な面持ちでキッチンに立っていた。

――いよいよ、明後日《あさって》に迫ってしまった。

こよみちゃんをアパートに招待する一大イベントが、だ。

そういえば卒論計画書をまだ仕上げていない。しかしそれどころではない。本番の卒業論文に匹敵する、人生の一大事である。いまは計画書ごときに時間を割いていられない。

――というわけで、今日は予行演習だ。

メイン料理となるローストチキンを、もう一度試作しておかねばなるまい。

一般にローストチキンといえば鶏《とり》をまるまる一羽、もしくは骨付きのレッグを使う。

しかしなにぶんにも清貧の学生だからして、今回はただの鶏腿肉《ももにく》を使用させていただく。

とはいえ購入したのはさすがに国産、いや県内産の地鶏だ。

レシピは両角巧と出会った本屋で買った『一から学ぶ、お料理練習帳』の二十七ページである。

まず火が通りやすいよう、鶏腿肉をフォークでぶすぶすと刺す。次に塩胡椒《しおこしょう》、醤油《しょうゆ》、酒、生姜《しょうが》、あらみじんにした大蒜《にんにく》、蜂蜜《はちみつ》、ローズマリーを肉に揉《も》みこみ、ジップロックに入れて、冷蔵庫に半日置く。

次にローストだが、オーヴンがないのでフライパンを使用する。オイルを引き、皮目を下にして、焼き色が付いたら蓋《ふた》をする。さらに一分ほど蒸し焼きし、火が通ったら出来あがりだ。レシピによれば、肉は最後までひっくり返さないのがコツらしい。

「……よし、焼けたな」

森司はうなずき、フライパンを濡《ぬ》れ布巾《ふきん》に置いた。

本番はむろん皿に盛りつける。だが今日は洗いものを増やしたくないため、フライパンからそのまま食べるとしよう。行儀は悪いが、どうせ誰も見ていやしない。

「さて、もう一品」

つづけてカルパッチョのソースを作る。

オリーヴオイル、酢、レモン汁、塩胡椒、そしてほんのちょっぴりの砂糖。

こちらも本番は真鯛《まだい》の刺身を使う予定だが、自分一人のために刺身を買うのはもったいない。スライスした蒲鉾《かまぼこ》にまわしかけて、雰囲気だけ味わうことにした。

「うん、充分うまそう」

料理をテレビ前の卓袱台《ちゃぶだい》に運ぶ。

発泡酒を一缶添えて、「いただきます」と掌を合わせる。

まずは発泡酒で舌を湿らせた。カルパッチョもどきに箸《はし》を伸ばす。

「いける」

一本八十八円の安蒲鉾が、ぐっと洋風の味になった。もうちょっとレモンと胡椒を効かせてもいいかもしれない。ローストチキンには粒マスタードを添えた。こちらも悪くない味だ。

森司は今日のニュースと世界の株価を眺めつつ、簡易ローストチキンとカルパッチョもどきを粛々と胃におさめた。

――ち、ちょっと食いすぎた。

気づいたときは、腹がぱんぱんになっていた。いや、でもちょうどいい。どのみち明日一日は胃を休める予定だったのだ。来たる日にそなえて、身も心もリセットして清めておかなくてはなるまい。気分はまるで修行僧だ。もし経を知る身だったなら、写経など試みたかもしれない。

森司は皿とフライパンを洗い、缶を捨て、風呂《ふろ》に入った。

ドライヤーで髪を乾かし、テレビの前であぐらをかく。意味もなく、携帯電話を確認してみる。

――駄目だ、落ちつかん。

気が急《せ》いて、とてもじっとしていられない。

よし、ここはあれだ。走ってこよう。いわゆる腹ごなしというやつだ。河原の土手を体を動かしてでもいないと、期待と不安と煩悩に押しつぶされてしまいそうだ。

森司は手早くジャージに着替え、ランニング用のスニーカーを履いた。ドアの前でかるく屈伸し、足の腱《けん》を伸ばす。足首をまわしてから、外階段を駆けおりた。

一階の角部屋は、今日も灯《あか》りがともっていなかった。

院生の先輩が住んでいるはずの部屋だ。このところ、ずっと留守なようである。確かええと、五十嵐《いがらし》――じゃなくて、五十崎《いそざき》でもなくて、でもそれに似た苗字《みょうじ》の先輩だったような。

しかし思い出せなかった。

信号を越えて表通りに入る頃には、森司はすでに無心で走っていた。

7

「うわっ」

短い悲鳴を上げ、五十里は思わず飛びのいた。

うなじに気配を感じたと思ったら、やけに間近に宗近がいたからだ。

場所は、塾の事務室であった。時計の針が午前九時五分を指している。昨夜はいったんアパートへ帰ったものの、結局また塾に戻ってしまった。同じく泊まりこんだ宗近と、二人きりの事務室である。

「な、──なんだよ。真後ろに立つなよ、気味悪いやつだな」

そう言ってから、自分の発した「気味悪い」という言葉にひやりとする。

気味が悪い──確かにそうだ。

ここ最近、塾内でしばしば嗅《か》ぐ生ぐさい臭気。昼の日中だというのに、ときおり足もとに惑うほど暗くなる部屋。まずい水。そしてふっと香る椿油。なにもかも、うっすら気味が悪い。

「なに見てんだ、おまえ」

五十里は言った。

宗近は薄い笑みを浮かべていた。唇の端が持ちあがり、わずかに歯が見えている。

だが笑みを浮かべているのは、口だけだった。双眸《そうぼう》は射貫《いぬ》くような光をたたえ、五十里をじっと凝視していた。

──こいつ、こんな顔つきだったっけ。

五十里はいぶかしんだ。

痩《や》せたのは、ろくに寝ても食ってもいないせいだろう。目がぎょろぎょろして、頬がこけて、形相が変わっている。

しかし外貌《がいぼう》だけではなかった。まとっている空気が違った。

彼の知っている宗近壮吾は、こんなふうに薄ら笑ったりしない。こんなにも臆《おく》さず、正面から目を合わせてきたりはしない。

「な、なんだよ」

五十里は繰りかえした。声がわずかに震えた。

「なに見てんだ。――こっち見んなよ」

「いえね」

宗近が目じりに皺《しわ》を寄せる。

「この感じ、懐かしいなぁと」

奇妙な声音だった。

五十里は無意識に一歩後ずさった。喉《のど》ぼとけが、ごくりと上下した。悟られたくなかった。宗近ごときに、自分がひるんでいると知られたくなかった。われ知らず、足がすくんでいた。

「……お、おまえ」

こみあげる違和感を呑《の》みくだす。声を押し出す。

「おまえ、近ごろ、保護者から苦情が多いぞ。『態度が悪い』、『授業に身が入ってない』、それから――」

「それから？」

宗近がうながす。

五十里は、呻《うめ》くように言った。

「──態度や口調が、お、女みたいだ、って──……」

途端、弾《はじ》かれたように宗近が笑いだす。

五十里はぎょっとし、さらに後ずさった。背中が壁にぶつかった。

呑みくだしたはずの違和感が胃から逆流する。こいつは誰だろう。眼前に立っている男は──いや、立っているものはなんだろう。

宗近は笑いつづけている。かん高い哄笑《こうしょう》だった。

女の声だ、と五十里は思った。こめかみから顎《あご》へ、冷たい汗が落ちていく。この笑い声は、若い女だ。箍《たが》のはずれたような、しかし底に艶《つや》を含んだ声だった。

宗近がぴたりと笑いやんだ。

唖然《あぜん》と五十里は彼を見つめた。宗近は、白紙さながらの無表情だった。一瞬前までのけぞって笑っていたとは思えない、能面よりもさらに表情のない顔だ。

宗近は無言できびすを返した。

興味を失ったように、五十里から離れて事務室を出ていく。

引き戸の締まる音が響いた。

五十里は吐息とともに、その場へ座りこんだ。

膝《ひざ》から力が抜け、立っていられなかった。

──なんだ、いまのは。

そんな馬鹿な、と己に言い聞かせる。

そうだ、宗近がいきなり別人になったなんて馬鹿げている。被害妄想だ。あいつもおれも、疲れて神経がささくれ立っているだけなんだ。

だが震えは止まってくれなかった。手も足も、小刻みにわなないている。体が言うことを聞かない。手足の末端がひどく冷たい。

床にしゃがみこんだまま、五十里は正面の壁を見つめた。

なんだろう、あの染みは。あんなかたちの染みが事務室の壁にあっただろうか。うっすらとだが、大きく浮き上がっている。女の顔だ。悲鳴を上げる寸前の顔に見えた。

──そんな馬鹿な。

気のせいだ、気のせいだと小声で繰りかえしながら、五十里は己の肩を両腕で抱いた。

寒かった。空調は完璧《かんぺき》なはずなのに、全身から鳥肌が引いてくれない。

口中に、錆《さ》びた鉄の味がした。

8

オカ研一同は、その日も『ES個別指導塾』を訪れた。

土曜日ゆえ、事情を話して運転は藍に頼んだ。メンバーは部長と森司、鈴木である。中古とはいえ走行距離二万キロ以下だというアウトランダーは、スムーズな運転とあいまって乗り心地がよかった。

近くの有料駐車場にアウトランダーを駐《と》め、やや離れた位置から塾をうかがう。

受付に座っているのは、前回と違う女性のようだ。だが部外者と講師を会わせてくれるかは、やはり望み薄だろう。

「今日は土曜で、時間があるしね。宗近くんが出てくるまで、向かいのスタバで待機しようか？」

「ですね。いくらなんでも昼食くらいは外で取るでしょうし」

「出前や仕出し弁当って高いもんね」と藍。

「そうそう、バイトで生計立ててるような学生には、出前は贅沢《ぜいたく》品ですわ。せやけど元彼は、家賃の高そうなアパートに住んどるそうですね」鈴木が言う。

「そうなんだ」森司はうなずいた。「新築の、どう見てもワンルームじゃなさそうな……」

と言いかけたとき、

背後から遠慮がちな声がした。「うちの塾に、なにかご用ですか？」

「あのう」

全員で素早く振りかえる。

そこに立っていたのは、二十歳前後の女性だった。長い髪をゆるめのシニヨンに結っている。パンツスーツに、黒のパンプス。服装とさっきの台詞《せりふ》からして、『ES個別指導塾』の講師の一人だろう。

「いや、あの、違うんです」

森司は反射的に手を振った。

「おれたちは、けしてあやしい者ではなく――」

「先日もいらしてましたよね」女性がさえぎった。

「というか……そちら、黒沼先輩の従兄《いとこ》さんですよね？」

と黒沼部長を手で示す。部長が首肯して、

「よくおわかりで。泉水ちゃんを知っているということは、きみも雪大生だね。農学部の学生かな？」

「はい、三年の室谷羽瑠と言います」

「室谷さんね。ぼくら、じつはオカルト研究会というサークルで」

「存じてます」

食いつき気味に、羽瑠は前傾姿勢になった。

「ちょうどよかったです。ここで会えたのもなにかのご縁と信じて、お願いします。すこしでいいから、わたしにお時間をいただけませんか」

「待って。どういうこと？」横から口を挟んだ藍が、

「あ、ごめん。あたしは雪大のOGね。同じくオカルト研究会で、元副部長――」

「はい。三田村先輩ですよね」

有名ですから存じてます――と羽瑠は藍に目を向けた。すがるような目つきだった。

「あの、うまく言えません。でもこの塾で、なにかが起こっていることだけはわかるんです。わたし一人じゃどうにもできないだろうなにかが。とくに岳ちゃ――いえ、リーダーと宗近くんが、まるで人が変わったようで」

宗近。

羽瑠の出したその名を聞いて、部長が森司に目くばせする。

素早く藍が、羽瑠の肩を支えるように寄り添った。

「まあ立ち話もなんだし、向かいのスタバに入らない？　室谷さんの時間が大丈夫そうなら、甘いものでも飲みながらゆっくり話しましょう」

中途半端な時間のせいか、さいわいスターバックスの席には余裕があった。

窓際ではない奥のボックス席を選んで、五人で向かい合う。

「なるほど。空気が変わり、水の味が変わり、昼間でも光が届かなくなる、か。〝よくない場所〟になりかけている典型だね」

黒沼部長はホイップたっぷりのバニラクリームフラペチーノを啜《すす》って、

「だが問題はなにより、人的影響が出はじめているらしいことだ。室谷さんが見る限り、宗近くんはかなりひどくこき使われ、安い労働力としていいように扱われているようだね。かなりの不満と鬱憤《うっぷん》が溜《た》まっていたはずだ。鬱屈は〝よくないものたち〟を引き寄せるいい土壌であり、いい餌だ」

「宗近くんは、ずっと不休で働かされつづけてるんですよね？　そしてそのバイトリーダーさんも」

森司は羽瑠に尋ねた。

「名の通った大手塾なのに、ブラックバイトもいいとこじゃないですか。それって表沙《おもてざ》汰《た》になったら、そうとうまずい事態ですよ。おまけに社員の藤田さんて人は、止めるどころか奨励してる様子だ。万が一訴えられて、問題になったときのことを考えてないのかな」

「考えていないと思います」

羽瑠は即答した。

「経理を担当してる子から、ちらっと聞いたことがあります。わたしたちバイトは派遣会社を経由している派遣社員扱いだから、委託外注費として計上するんだって。人件費でなく委託外注費なら、企業が支払う消費税は大きく控除される。人件費の割合が低い試算表は銀行から受けがいい。その上派遣なら福利厚生費を払わなくていいし、いざというとき首を切りやすい。すべては企業側の論理で動いていて、わたしたちのことなんか、いくらでも替えのきく部品としか見ていない、って。……なんだか納得しちゃいました。いちいち部品の心配をしながら、家電を使う人なんていませんものね」

　皮肉な笑みを浮かべる。

　部長も苦笑した。

「言い得て妙だ。相手を部品ごときとあなどれる人間性だからこそ、同じ人間を使い捨てることができる。もしものときのリスクを考えてちゃ、脇目もふらず突き進むことはできないからね」

　鈴木がアイスティーをストローでかきまわして、

「そういうのん、おれもまわりからよう聞かされますよ」

　と苦く言う。

「おれがいまいるパン工場は完全にビジネスライクなとこですが、よそからの転職組がようけおりますからね。休憩時間なんかに、聞くともなしに前のバイト先の愚痴が耳に入ってくるんです。ざっと半分近くは、ブラックバイトのパワハラで追いこまれて辞めた人ですわ。やれ『アルバイトでも責任がある。簡単に休めると思うな』だの、『代わりの要員を自力で探せないなら、休む権利は発生しない』だの、『交通費？　半人前のおまえに支給されるわけないだろ』だの、『祖母が死んだ？　それ業務になんの関係があるの？　おまえのババアが死んだからって、会社が休業するとでも思った？　いいから定時に出社しろ！』だの……。聞いてるこっちが胸糞《むなくそ》悪うなる、非人間的発言のオンパレードです」

「わかります。脅し文句の連発なんですよね」

羽瑠は唇を嚙《か》んだ。

「とくに学生は、いいカモです。『これぐらいやっていけなくてどうするの？　そんな覚悟じゃ社会人はつとまらないよ？』、『お金をもらっている以上、学生バイトだって社員と責任は同じだよ』、『若いんだから休まなくても平気でしょう』、『就活があるから辞めたい？　代わりの人が見つかるまで無理だよ。え、仕事に穴開ける気？』、『いま辞めるなら解雇扱いにするよ。あんたの就活で問い合わせが来たら、勤務態度が悪くて懲戒解雇にしたって答えるからね』。四十五十の大人が、これをまくしたててくるんですもん。わたしたちの世代ってとくに、大人の言うことを黙って聞くようしつけられてるじゃないですか。親くらいの年齢の人に責められたら、それだけで威圧されてしまうんです」

「やれやれ」

部長がいたましそうに首を振る。

「でもブラックバイトは、何年も前から社会問題になっている。大学側は相談窓口を設け、NPOとも連携して、学生が辞めやすい空気を作ってるはずだけど？」

「ですね。けどやっぱり……みんな、大ごとにしたくないから」

羽瑠はうつむいた。

「『自分さえ我慢すれば』とか『悪目立ちしたくない』とか、『もうちょっと頑張れば、潮目が変わるかもしれない』なんて思っているうち、どんどん深みにはまっていくんです。思考能力が奪われる、と言ってもいいかもしれません。気がついたときは前に進むことも、あとに引くこともできなくなっていて……」

語気に、自嘲《じちょう》が色濃く沈んでいた。

気持ちはわかる、と森司は思った。彼自身、できるだけ波風を立てたくないタイプだ。大学に頼るのは最終手段と心に決めつつ、〝最終〟のタイミングを逃してしまう心境はよく理解できる。

「社員の人も、巧《うま》いんです。時給をほんのちょっと上げたり、バイトリーダーなんて名ばかりの役職に就けたりして、『きみは他の子より認められてるんだよ。目をかけてあげてるんだよ』ってそそのかして、他の講師よりきつい仕事をどんどん押しつけていくんですから」

「典型的な〝やりがい搾取〟ね」

藍が眉《まゆ》をひそめる。

「ある程度のマニュアルというか、学生バイトを操るノウハウが社員の間に行きわたってるんだと思うわ。そして、くみしやすいタイプの見分けかたもね」

「……リーダーは、ほんとうは、あんな人じゃないんです」

ぽつりと羽瑠は言った。

「わたしと彼は、近所で生まれ育った幼馴染《おさななじ》みです。歳はわたしが下ですけど、彼は年上風を吹かせたりしない、気のいい人でした。……だからよけいに、いまの彼を見ているのがつらくって……」

深くうなだれる。語尾が、涙で潤んで揺れた。

テーブルに沈黙が落ちた。

まわりの話し声が、穏やかなさざ波のようだ。時おり、どこかで笑い声が上がる。羽瑠が顔を上げるまで、静寂はつづいた。

やがて羽瑠が「すみません」と首をもたげた。目じりをさりげなく拭《ぬぐ》う。

「……わたしたちの故郷って、もともと働き者の土地柄なんです。農家が多いせいでしょうか。老若男女が等しく休みなしに働くことを、みんな自慢にしてました。もちろん、それ自体は立派なことだと思うんです。でもその気風が逆に、彼を追いつめてしまったのかも……」

つぶやく声に、後悔が滲《にじ》んだ。

「祖母の世代なんか、『怠けてばっかいると、モガミが来るよ』と子供を脅すのが普通なんです。『怠け者の子は、モガミが船でさらっていっちゃうよ』って」

「ああ、室谷さんたちはそっちの地方の出身なんだね」

部長は目を細めた。

「明治の中ごろまで、東北および北陸はとにかく貧しかった。当時の農家にとって、土地を手ばなすことは死を意味する。どんなに困窮しようと、土地だけは売れない彼らはわが子を売るしかなかったんだ。娘は工員や遊女に、長男以外の息子は養蚕工場などへ売られていった。『モガミ』は、その頃はびこった人買いの俗称だよ」

「えっ、じゃあモガミって実在したんですか」

羽瑠が目をまるくする。

「てっきり秋田のなまはげみたいな、架空のお化けなんだと思ってました。子供のときは本気で怖くて、言われるたび泣いたものです」

「なまはげは来訪神を祀《まつ》ったものだね。でもモガミこと最上婆《もがみばば》は、生身の人間だよ。宮本常一《みやもとつねいち》いわく、買った子供を『途中でにげないように数珠《じゅず》つなぎにして北から南へいく群を、春さきにはよく見かけたという。たいていは四十すぎの女がつれていた。この女たちを最上婆といった』んだそうだ。同著に、売られた子供は『サツキ船』なる漁船に隠されて、関東へ運ばれていったというくだりもある。

また脇《わき》とよの著作では『馬喰《ばくろう》が馬をひいてくるように、八、九歳から、十一、十二歳くらいまでの売られた少年少女を連れまわし、買い手をもとめて歩いた。ときにはにげられぬように、麻縄で子どもたちを数珠つなぎにして、ひっぱってもきた。世間ではこれを〝最上の鬼婆〟とよんでいる』と書かれているね」

部長は首をすくめて、

「売られていく弟や妹を泣く泣く見送った子供たちの目に、人買い業者は、なまはげどころじゃない怪物に映っただろう。それが長じて、わが子や孫への脅し文句に転じたんじゃないかな。『モガミが来るよ。船でさらっていっちゃうよ』。その言葉には、凄《すさ》まじい恐怖とリアリティがこもっていたはずだ。幼い室谷さんたちの心に、強烈に焼きついたのも無理はない」

と言った。

「確かに働き者なのはいいことだ。でも人間はそれだけじゃ生きていけないからね。人はパンのみにて生くるに非《あら》ず。かといってお仕着せの〝やりがい〟じゃ、もっと生くるに非ずだ」

部長はバニラクリームフラペチーノのホイップをすくって、

「ごめん室谷さん、そのバイトリーダーくんと宗近くんの関係について、もっとくわしく教えてくれないかな。追加でケーキも奢《おご》るから。あ、期間限定メニューの、このレイヤーケーキなんてどう？」

9

塾の事務室で、五十里は椅子にもたれて仮眠していた。

机に備え付けの回転椅子である。お世辞にも寝心地はよくないが、慣れというのは恐ろしい。百均で購入したトラベルピローさえあれば、いまやどこだろうと熟睡できるようになった。

しかしその肩を、遠慮がちに突《つっ》く感触があった。

「――あのう、リーダー」

声が降ってくる。五十里は薄く目を開けた。

講師の一人が眼前に立っていた。学生バイトの男性講師だ。

「おやすみ中のところすみません。でも、その、保護者のかたたちから、また苦情がありまして」

「また？」

「宗近くんです」

五十里はようやく目を見ひらいた。トラベルピローをはずし、講師に向きなおる。

「宗近がどうした」

「無断で、授業を休講にしたようです。それにあいつ、様子がおかしいんです。壁に向かってずっと独り言をつぶやいてたり、いきなり笑いだしたり……。働きすぎて、神経に来ちゃったんじゃないでしょうか。リーダー、藤田さんと相談してくださいよ。あいつ、たぶん病院に連れていったほうが」

「馬鹿言え」

五十里は遮った。

「医者に診せたりしたら、大ごとになるだろうが。塾の評判にもかかわる。もし来年の入塾生が減りでもしたら――」

言いかけて、はっと講師の視線に気づく。

五十里は荒らげかけた息をおさめ、

「……大丈夫だ」と言った。

「宗近のことは、おれと藤田さんでなんとかする。おまえはなにも心配しなくていい。忘れろ。休講の件だけ、急病だとでも言ってフォローしといてくれ」

「は、はい」

講師がテキストを抱え、そそくさと離れていく。

五十里は腕組みし、椅子にもたれて目を閉じた。しかし眠気はやって来なかった。頭の中は、宗近の件でいっぱいだった。

宗近の変容について、まだ彼は藤田に相談していなかった。話したところで、笑いとばされるか怒鳴られるかに決まっていた。

――でも、無断休講となれば話は別だ。

さすがに社員に報告せねばならない事案だ。そうなれば、ことは五十里の手を離れる。あいつが減給になろうが解雇になろうが、おれの知ったことじゃない――とまで考えて、待てよ、と思った。

――おれの責任も、問われるのではないか。

連帯責任だ、監督不行き届きだ、バイトリーダー失格だ――と喚《わめ》く藤田の顔が浮かんだ。

やはり藤田さんへの報告は止めておくか。五十里は悩んだ。だが社員に頼れないとなると、五十里みずから宗近に釘《くぎ》を刺さねばならない。

いまの宗近に近づきたくはなかった。だが天秤《てんびん》にかければ、藤田の機嫌をそこねるよりはましだった。

――しかたないな。

五十里は重い腰を上げた。

事務室を出て、宗近を探す。荷物が置かれたままだから帰ってはいないはずだ。各教室、自習室、給湯室と順に探して、多目的室の前で足を止める。

引き戸の隙間から、灯《あか》りが洩《も》れていた。

中からかすかに話し声が聞こえる。十代の声ではなかった。成人した男のものだ。まぎれもなく、宗近の声であった。

五十里は引き戸を細くひらいた。

整然と並んだ長机の向こうに、宗近の背中が見えた。以前よりひとまわり以上痩《や》せた、黒いカーディガンを羽織った背中だ。

宗近は誰かと話していた。だが相手の姿はなかった。

虚空に向かって、彼はひとり話しつづけていた。

「……なのよ、ええ」

「――だからね、……かせたかったわ、……ヤエさん、あなた……」

ヤエとは誰だろう。五十里はいぶかった。

そしてこのしゃべりかた。まるきり女だ。妙に時代がかった、しとやかな女の口調である。

「ふふ、そうなのよ。……いやねえ、――え？」

宗近の声が止まった。同時に動きも止まる。肩に緊張が漂う。

気づかれた、と五十里は悟った。おれが後ろから見ていると気づかれてしまった。宗近に、いや。

――あの女に。

宗近が、ゆっくりと振りかえりつつある。恐怖が五十里の体を貫いた。

ここに来るべきではなかった。いまさらながらそう思った。だが遅かった。叫ぼうとしたが、声が出なかった。悲鳴は喉《のど》の奥で、固く凍りついていた。

女が振りむこうとしている。

いやだ、と五十里は思った。いやだ、その顔を見たくない。

なぜか彼には、女が怒っているのが伝わった。誰に対する怒りなのかはわからない。だが振りむいたなら、その形相は憤怒《ふんぬ》に染まっているはずだった。その顔を、見たくなかった。

――……ガミが、来るよ。

耳の奥で誰かがささやく。

――……け者の子には、…ガミが来るよ。

――船に……れて、……われちゃうよ。

馬鹿な、と思う。

あれはただの脅し文句でお伽《とぎ》ばなしだ。実在するものであるわけがない。

それにおれは、悪い子なんかじゃない。その証拠に、いまここにいるじゃないか。こうして一日も休むことなく、ここに。

ああ、でも、あの女が発するあの匂い。椿油の香り。強い怒りと悲しみの匂い。

女の片頬が見えつつあった。

おれを見ないでくれ。声にならぬ声で、五十里は懇願した。

頼むから、振りかえらないでくれ。これからなにが起こるのか、自分がどうなるのか、おれは知りたくない。なにひとつ知りたくない。お願いだ、おれにそれを知らせないでくれ――。

しかし体は、勝手に動いた。手が引き戸をひらく。足がわななきながら前へと踏みだし、体ごと多目的室にすべり込む。

自分の上下の歯が、ちいさく鳴る音を五十里は聞いた。食いしばっているはずの歯の根が合わない。だって、――あの眼。あの女が、おれを見るあの瞳《ひとみ》。

捕まった、と五十里ははっきりと悟った。おれは捕まってしまった。宗近に――いや、あの女に。

背後で静かに、引き戸が閉まった。

玄関脇の下足入れから、五十里はスニーカーを取りだして簀《す》の子に立った。

「あれ五十里さん、今日はもう帰るんですか？」

めずらしい、というニュアンスをこめて講師が声をかける。

壁掛け時計は午後十時前を指していた。泊まりこむ日も多い五十里が、この時間に帰宅するのはきわめて稀《まれ》だ。

五十里は答えなかった。ただ肩越しに、微笑みを返した。声をかけた講師が戸惑うほど穏やかな、しかも艶《つや》のある微笑だった。

「……あの、五十里さん？」

講師が目をまるくし、いま一度彼を呼ぶ。

しかし五十里は内履きを素早くスニーカーに履きかえ、塾を出た。

自動ドアが閉まった。

振りむくことなく、彼は信号が点滅する横断歩道を渡った。ほとんどシャッターの下りた商店街を一分ほど歩き、バス停で足を止める。

駅へ向かう路線バスであった。

電車を降りる。さらに『大学前行き』のバスに乗る。

この便を逃せば、あとは徒歩で帰るほかない。バスに揺られる乗客はみな顔に疲れを滲《にじ》ませ、眉根《まゆね》を寄せて目を閉じていた。

五十里はアパートの近くでバスを降りた。

晩秋の夜気は冷えて、吸いこむと肺がきんと痛んだ。

軽快な足音が聞こえる。外階段を下りてくる音だった。ランニングに行くらしい、ジャージ姿の後輩とすれ違う。

「こんばんは」

同じアパートに住む、八神という名の後輩だった。

無言で微笑みかえしてから、五十里はポケットの鍵《かぎ》を取り出した。

10

一夜が明けた。時刻は、午後六時五十分。

森司は自室の上がり框《がまち》で正座していた。

約束の七時まであと十分だ。いよいよついに、このときが来てしまった。

――以前にもこよみちゃんをこの部屋に入れたことはある。しかし。

そのときは部員全員の来訪だったり、やむにやまれぬ緊急事態だったりと、いずれも胸ときめくシチュエーションではなかった。いや、ほど遠かったと言っていい。

——しかし今日は違う。

おれがおれ自身の意思でもって彼女を誘い、彼女も彼女自身の意思で応じてくれたのだ。不可抗力だとか偶然とか義理とか、そんなものではないのだ。

そう、脳内で発することすら失神しそうな語感だが〝おうちデート〟なのだ。

——やばい、いまになって怖気《おじけ》づいてきた。

あふれる期待を、膨れる不安が徐々に上まわりつつある。失敗したらどうしよう。失言したらどうしようと懸念ばかりが押し寄せる。

なにしろ二人きりだ。二人きりは喜ばしいが、そのぶんフォローしてくれる部長や藍さんもいないのだ。もしや、取りかえしのつかない失態を演じてしまったら——。

チャイムが鳴った。

森司はその場で飛びあがり、勢いあまって後ろへ倒れた。したたかに背骨を打ち、もんどりうって痛みに悶絶《もんぜつ》する。

——い、いやいかん。悶《もだ》えている場合ではない。

七時五分前だ。きっとこよみちゃんだ。どんなに痛かろうと骨が折れていようと、おれは扉を開けなくてはいけない。この古くこきたない扉の向こうに、きっと彼女が待っている。

「は、はいっ。どうぞ、どうぞどうぞ」

声を返しながら、森司は三和土《たたき》でサンダルを突っかけた。転びかける。もたつく手で、あたふたと内鍵を開ける。

「な、灘。ようこそ、いらっしゃ――」

こよみが立っていた。

だが彼女は片手に鍵を持ち、いましも鍵穴に挿しこもうとした姿勢のまま、凝固していた。驚きで目がまるくなっている。

数秒、妙な間が流れた。

先に声をあげたのはこよみであった。

「あ、すみません、わたし――」片手の鍵を掲げてみせる。

「あの、べつにあやしい真似をしようとしていたわけじゃないんです。ただ、これを使ってみたかったんです。なんというか、合鍵を使って入ったほうが、親しい仲のような気分が味わえるんじゃないかと思って、それで」

そこで言葉を切り、決然と顔を上げる。

「そうなんです。気分を味わいたかったんです」

「な、なるほど」

森司はうなずいた。

「チャイムを鳴らしたあと、先輩の『どうぞ』の声がしたので、開けてもよいかと勘違いしてしまい――。すみません。たいへん失礼しました」

「いや待て、灘は悪くない」

頭を下げるこよみに、森司は慌てて手を振った。

「悪いのはおれだ。おれが『どうぞ』と言ったあと、大きく間をあけてしまったからいけない。間髪を容《い》れず開けるか、もしくはもっと待てばよかった。――よし、やりなおそう」

森司は提案した。

「最初から仕切りなおそう。おれが中から扉と鍵を閉めるから、灘はその合鍵で入ってきてくれ。そこからの再出発だ」

「わかりました」

なぜか二人とも、異様に力が入っていた。

森司はあたふたと内側から扉を閉め、施錠した。律儀にチャイムが押され、数十秒後、ようやく向こうから扉が開く。まばゆい陽光が射しこむ。

「お邪魔します。先輩」

「ああ、うん。いらっしゃいませ――」

森司はその場に棒立ちになっていた。

あらためて見ると、こよみはお洒落《しゃれ》をしていた。おれの部屋に、こきたないおれのこの部屋に来るために、お洒落をしてくれたのだ。

キャンディスリーブのブラウスに、総レースのギャザースカート。全体にふんわりしたシルエットが、ガーリッシュでありながら女性らしい。バッグはいつものトートではなく、レザーのワンハンドルバッグだった。光を背に立った姿が、あれだ。なんというか、非常にあれだ。

——いかん、形容詞さえ思いつかん。

しいて言えば天使。あるいは妖精《ようせい》。駄目だ、おれの貧困なヴォキャブラリーではとても言いあらわせない。とりあえず心のファインダーに、強く焼きつけておこう。

いたってぎこちなく、森司はスリッパを勧めた。こよみもぎこちなく履いた。

二人はぎくしゃくとワンルーム用の短い廊下を通り、森司が朝から念入りに掃除した、居間と寝室と勉強部屋とを兼ねる部屋へ入った。

「てきとうに座って。あ、荷物もてきとうなとこに置いて」

「はい。——あ、忘れてました」

肘《ひじ》に提げていた紙袋を、こよみがいったん床に下ろしかけて持ちなおす。

「遅ればせながら、こちら、お土産です。と言っても事前に先輩とご相談していたとおりのもので、いっさいサプライズはないんですが」

袋の中身は白ワインと、有名洋菓子店のプティフールだった。某ホテルのレストランに十何年いたとかいうパティシエ製の、要するに一口大のケーキ詰め合わせだ。

「ありがとう。えっと、じゃあさっそくだけど、夕飯にしようか」

紙袋を受けとって、森司は微笑んだ。というより、かろうじて顔が微笑のかたちになった。よかった、ようやく全身の筋肉がほぐれてきたようだ。

「灘は座って、テレビでも観てて。えーと、確か七時から、BSで映画……」

「あ、でも先輩」

こよみがバッグを手で探って、

「わたしも一応、持ってきたんです」と、なにやら畳まれた布を取りだした。

紺いろの布地だった。こよみが手早く広げ、自分の胸に当ててみせる。布の正体を悟り、森司はその場に膝《ひざ》から崩れそうになった。

エプロンであった。

森司は顔をそむけた。

――まぶしい。直視できない。

なんだよそれ、ただの布じゃねえだろ。NASAが開発した特殊繊維かなにかだろ。そんなにもまぶしいなんて、地球上の物質ではあり得ない。きっとトニー・スタークとかが開発したよくわからないあれ系のあれだろ。いかん、また脳から語彙《ごい》が失われてきた。

「一緒に作ったほうが、早いんじゃないかと」

「いやいい。いいんだ、灘」

壁の一点を見つめたまま、森司は言った。

「灘はお客さんなんだから、座っていてくれ。今日はおれがホストで、灘はゲスト。そう決めたんだから、つまり本日はそういうことで」

一方的に言いきり、キッチンへ走った。

惜しいとは思わなかった。いやそりゃあおれだって、こよみちゃんと並んで料理などしてみたい。エプロン姿の彼女と「先輩、ちょっと味見してくれますか？」、「うん、いい味だ」などと会話したいし、彼女の前で手早く食材をさばいて感心されたいし、肉のソースが云々《うんぬん》と薀蓄《うんちく》など垂れてみたい。

でもどう考えても、見栄と緊張で指を二、三本切り落とす未来しか見えなかった。それは避けたい。あと五十年は使う予定の指ゆえ大事にしたい。そしてこよみちゃんとの未来のためにも、親からもらった体のままでいたい。

というわけで森司は、こよみにBS放映の『ガタカ』を観てもらうことにし、その間に料理をはじめた。

まずは前菜である。

森司が用意したのはブルスケッタもどきだった。本来は薄く切ったバゲットを使うのだが、安価な十二枚切りの食パンを使ったあたりが〝もどき〟の所以《ゆえん》だ。

かりかりにトーストした食パンにガーリックを擦りこみ、オリーヴオイルを塗る。のせる具材は『サラミ、生バジル、プチトマト半分』と、『クリームチーズと刻んだドライフルーツを混ぜたディップ』の二種類を用意した。

今回森司は、生バジルの葉を多用した。とにかくいろどりに便利なのだ。緑が入ると、途端にお洒落かつ美味《うま》そうに見える。あたかも、盛りつけに気を遣っているかのような雰囲気を装える。

森司はここでワインを開けた。

前菜の皿とグラスを卓袱台《ちゃぶだい》――いやロウテーブルまで運び、自分もこよみの向かいに座る。

「料理は順に持ってくるから。ひとまず、乾杯」

「はい、ではいただきます。乾杯」

グラスをかるく打ちあわせる。

「白でよかったんですよね？」

「うん、メインはチキンだから白で大丈夫。というか灘、赤ワイン苦手だもんな」

「そうなんです」

こよみはグラスを置いた。

「悪酔いするというほどじゃないんですが、翌日に残るんです。こう、頭の芯《しん》が重くなるというか」とこめかみを指で押さえてから、ふっと微笑んだ。

「なに？」

「いえ」

こよみはちいさくかぶりを振って、

「――そういうの覚えてくれるの、嬉《うれ》しいなって思って」

一瞬森司は、部屋の空気が薄くなったかと錯覚した。

味もわからぬワインを吟味するふりをし、その間になんとか気を落ちつける。

果たしておれの心臓は最後まで持つだろうか。というかいまさらだが、おれの部屋にこよみちゃんがいるではないか。彼女がいるだけで、見慣れた景色ががらりと一変して映る。築数十年超えの安アパートが、さながら桃源郷だ。

——これは、飲みすぎないようにしなくては。

森司は己を叱咤《しった》し、グラスを置いた。

「サラダを持ってくる」と言い、立ちあがる。

サラダは誰でも作れるカプレーゼだ。輪切りにしたトマトにクレイジーソルトをふる。同じ厚さに切ったモッツァレラチーズをトマトと交互に並べ、バジルを添えて、黒胡椒《くろこしょう》とオリーヴオイルをかける。これだけである。

「そういえばそっちの学部って、卒論プランの発表終わった?」

「はい。先々週に終えました」

「マジか。じゃあやっぱ経済学部《うち》が最後になるのかなあ。どうしてもゼミ生の前で発表したいわけじゃないけど、よそでできてることができないのって焦るよな」

「法学部もまだみたいですよ。学生の予定が合わなくて、足並みが揃わないって」

「そっか。なら安心——とは言っちゃいけないな」

森司はワインで舌を湿した。

さてメインはローストチキンと、真鯛《まだい》の刺身のカルパッチョである。

カルパッチョも誰でも作れる。というかカプレーゼと手順はほぼ変わらない。

鮮魚に定評のあるスーパーで買った真鯛の刺身に、玉ねぎのスライスをのせる。バジルの葉を手でちぎって散らす。ソースは酢とレモンとめんつゆに胡麻《ごま》油を二、三滴と、すこし山葵《わさび》を加えた。

「灘は、院に進む予定なんだよな?」

チキンを切り分けながら森司は尋ねた。

こよみが首肯して、

「はい。第一志望は学芸員なので、もっと勉強しておきたいんです。県内で学芸員の就職となると、狭き門じゃないですか。美術系と自然史植物系の、どちらでも務まるようにしておきたくて」

「しっかりしてるなあ」

森司は慨嘆した。

「おれは四年で卒業する予定だから、簿記試験にもう一度チャレンジしなきゃだよ。おれ程度のスペックじゃ、就活が本格化する前に資格の一つ二つ取っておかないと、勝負にならないもんな」

「先輩は大丈夫ですよ」

「はは」森司は空疎に笑った。

「おれ程度で大丈夫なら、灘は万全だろ」

こよみの顔が直視できなかった。

締めはごく少量のパスタにした。叩《たた》いた梅肉をオリーヴオイルで伸ばし、めんつゆと昆布茶とちょっぴりの砂糖で作ったソースに、茹《ゆ》でたパスタ八十グラムをからめる。さらに裂いたローストチキンを混ぜ、刻み大葉をトッピングすれば出来あがりだ。

締めのパスタというと重そうだから、細めの麺《めん》を選び、さっぱりと梅ソースにしてみた。八十グラムを二人で分け合うので、胃への負担もかるい。

パスタをフォークで巻きとりながら、

「先輩って器用ですよね」こよみは真顔で言った。

「え？　おれのどこが？」

森司は目をまるくした。

「だって、ひととおりなんでもできるじゃないですか。今日の料理だって」

「いやあ、こんなの、できるうちに入らないって」

と森司は咳《せき》払いして、

「――でも誉めてもらえるの、嬉しいよ。実家にいる頃なんて手抜きもいいとこだった。作るのはせいぜいで炒飯《チャーハン》、カレー、野菜炒《いた》め、袋ラーメン。あとはえーと、豚汁と肉じゃがくらいかな」

「男の人で肉じゃが作るのって、すごくないですか」

「いやいや、あれはカレーと工程がほぼ同じだから」

「でもうちの父親なんて、料理は全然ですし」

「おれん家《ち》だってそうだよ」

こよみの言葉に、森司は首を縦にした。

「母は看護師で帰りが遅いし、夜勤もありなのに、親父は具なし焼きそばくらいしか作れない人だった。でもおれが中学で部活やめたからさ。高校から夕飯の支度するようになったんだ。と言っても〝刺身と冷奴〟とか、〝市販の焼肉のタレで焼いた肉と、切っただけのトマトとレタス〟なんて献立ばっかだよ。親父は食いもんにいっさい文句言わない人だから、そんなんでも黙って食ってたっけ」

森司は笑って、

「でも結果的に考えると、適当でも料理しといてよかったな。今日こうして、灘を招待できたわけだし」と言った。

「はい」

こよみが微笑む。

「ご馳走《ちそう》になってます」

花のような笑顔だった。三たび森司の心臓が跳ねた。

慌てて斜めに目線をそらす。

いかん、正面からまともに見てしまった。なんて威力だ。胸から背中まで、矢のような衝撃が貫通した。これは、いよいよ心臓がまずい。

「先輩?」

「あ、なんでもない——というか、ええと」

利き手で左手首の脈を取りながら、森司は言葉の継ぎ穂を探した。

「そう、あれだよ。り、料理はいい趣味だって再確認してたんだ。ほら、これからの人生にも役立つしさ。人間、半永久的にメシを食うんだし、外食より経済的だし、いまは夫婦共働きが主流だし——」

「ですよね」

こよみはうなずき、

「共働きでお願いします」と言った。

数秒、沈黙が落ちた。

しばし空気が止まった。なんとも形容しがたい、息詰まるような沈黙だった。

「……すみません」

押し殺した声で、こよみが謝った。

森司は「いや」としか言えなかった。

気を抜いたら、取りかえしのつかぬことを口走ってしまいそうだった。なにかとてつもなく調子にのった、身の丈に合わぬ気障《きざ》な台詞《せりふ》をだ。

「せ、先輩が言ったのは、ただの一般論ですよね。すみません。わたし、つい早とちりというか、早合点というか、自分の都合のいいように」

「いやそんな、いいんだ灘。謝らないで」

「でも」

「灘は悪くない。今回も悪いのはおれだ。ええと、話の流れをさっぱり思い出せないが、きっとそうに決まっている」

森司はまくしたてた。耳が赤くなっているのが、自分でもわかった。

「あ、そうだ。料理だったな」

と膝《ひざ》を打つ。次になにを言うかも決めず、必死に言葉をひねくり出す。

「ほら、あれだよ。おれなんか足がちょっと速い以外、なんの取り柄もないからさ。だから、そう、あれだ。——なんでもよかったんだ」

ワインを呷《あお》った。

「なんでもいいから、喜ばせたかった。灘に——、喜んでほしかった」

声が止まらなくなっていた。

「ごめん」森司は謝ってから、

「おれ、変なこと言ってるな、ごめん。でも男ってのは、そういうもんなんだ。好きな子を笑顔にしたいというか、気を惹《ひ》きたいというか、ちょっとでもよく思ってもらいたいというか、とにかく、そういう生きものなんだよ。気持ち悪いだろうけど、妄想しちゃうんだ。灘がおれの部屋に来てくれるとか、二人きりで差し向かいで食べてくれるとか、おれの話を笑顔で聞いてくれるとか、そういうしょうもない妄想を——」

「そんな」

こよみが言った。

「そんな、あの、しょうもなくないです。誰だって、妄想くらいするじゃないですか。普通のことです」

なぜかテーブルに両手を突き、こよみは腰を浮かせていた。

「わたしだって、あの、一人で部屋にいるときに、せんぱ――……」

「待った」

短く森司は遮った。

「ごめん灘」

ゆっくりと首をめぐらす。

「いますぐ部長に電話して、このアパートに向かうよう頼んでくれ。この時刻なら、泉水さんもきっと部室にいるはずだ」

彼は立ちあがった。

「おれは行かなきゃいけない。下だ。――ここの、一階だ」

11

五十里は女たちといた。

あたりはひどく暗かった。自分の指さきすら見えない暗さだ。目が闇に慣れる様子はいっこうにない。

しかし彼には、闇にひしめきあっているのが女だとわかった。肌が触れているわけではない。声が聞こえるでもない。だが、若い女であると匂った。

椿油の香り。若い女独特の体臭。甘い汗。そして、なまぐさい血の臭い。

五十里は女たちの血を嗅《か》いだ。死と病とを、濃密に含んだ臭気だった。うめき声ひとつ聞こえない。なのに、焼けつくような苦悶《くもん》を肌で感じた。

何十人もの女だ。狭く暗い部屋に、五十里は女たちと押しこめられていた。

どの女も病みやつれ、痩《や》せさらばえていた。

這《は》って呻《うめ》いている。臥《ふ》せって、静かに涙を流している。むなしく床を掻《か》く爪が板張りに食いこみ、食いしばった奥歯がかすかに軋《きし》る。

ああそうだ、と五十里は思う。

今日、多目的室で宗近と会った。宗近はもはや宗近ではなかった。ひとつの体に、無数の女が巣食っていた。彼の顔は絶えず歪《ゆが》み、へこみ、隆起していた。その頰に、額に、顎《あご》に、あらゆる女の顔があらわれては消えた。

——それから……ああ、思いだせない。

気が付くと彼は暗い部屋にいた。彼そのものが、ではない。意識がだ。

五十里は感じた。誰に諭されずとも把握していた。

おれはいま、おれの体を女たちと共有している。あのときの宗近と同じだ。のっとられている――いや、同化しつつある。だってその証拠に。

――おれは彼女たちを、手にとるように理解できる。

いま五十里は彼女たちに共感し、同調していた。苦しみと痛苦。胸を掻きむしるほどの口惜しさ。すべてに、心から共鳴できた。

そして同時に、己の体をひときわ強く支配している意識が在ることも感じた。

その意識は女たちの誰より、明瞭《めいりょう》であざやかだった。

それは、五十里の体を得て悦《よろこ》んでいた。この体はいい、と。前のものより長持ちしそうだと。

同時にそれは、五十里に対し憤っていた。妬《ねた》んでいた。健やかで頑健な体への妬みと、男体への恐怖と嫌悪が綯《な》い交ぜになっていた。

中心には、血のように紅《あか》い珊瑚《さんご》珠《じゅ》があった。

血の臭いがいっそう濃くなった。五十里は顔をしかめた。鼻を手で覆いたかったが、いまの彼は、己の指一本動かせなかった。

ハツヱ、という名が不意に頭に流れこんでくる。つづいて八重という名が浮かび、数秒置いて、無数の女の名が脳に雪崩《なだ》れこむ。カエ、ヨシイ、アキ子、ハルヰ、トキ、かず代、キク、幸、まつ子、千代江、タキ――。果てがない。押しつぶされそうだ。

珊瑚には、女たちの血が染みていた。

とりわけ持ちぬしだったハツヱの血を、珊瑚はたっぷり吸っていた。折檻《せっかん》されて流れた血。鼻血。経血。病んだ肺から吐き出された血。破瓜《はか》の血。

五十里はその血から、ハツヱの記憶を嗅いだ。

ハツヱは勤めてすぐ、寄宿舎の舎監に嫌われた。食事抜きにされた年少の子に、自分の飯を分けたせいで睨《にら》まれたのだ。はっきりものを言う勝気な性格は、現場を監督する検番たちにも目のかたきにされた。

ハツヱはほかの工員より過酷なノルマを課せられた。食事を削られ、睡眠時間を削られた。便所へ行く時間すら減らされた。

気の強いハツヱは歯を食いしばって耐えた。しかし工場はすでに病気の巣だった。トラホーム。結核。肺病。ありとあらゆる炎症。限界を超えた労働は、若い体から見る間に力を奪った。弱って免疫が低下した体は、たやすく病気を呼びこんだ。

病でノルマが達成できなくなったハツヱを、舎監は待ちかまえていたように折檻した。裸にして吊《つ》るし、体じゅうが腫《は》れあがるまで鉄の棒で打ち叩《たた》いた。

以来ハツヱは、ほんの些細《ささい》なしくじりでも折檻されるようになった。打たれる前はかならず、皆が見ている前で全裸にされた。天井から吊るされて、全身を叩かれた。

夜になると男の検番が数人でやって来て、死んだほうがましなことをされた。珊瑚はその血をも吸いとった。

記憶はさらにさかのぼり、ハツヱを工場へ斡旋《あっせん》した募集人の顔を映しだす。

軽薄な男だった。口が上手《うま》く、たやすく親たちを騙《だま》してしまった。女衒《ぜげん》、とハツヱは内心でその男を呪い、蔑《さげす》んでいた。もしくは人買いと。

――人買い。

その言葉は五十里の心的外傷《トラウマ》を抉《えぐ》った。

幼い頃、何度聞かされたかわからない。五十里の両親は共働きで、おもに育ててくれたのは父方の祖母だった。昔かたぎの厳しい人だった。

五十里は叱られてばかりいた。家の手伝いをしなかった、また言いつけを忘れたと、祖母に毎日のように怒鳴られた。ただ、殴られたことはなかった。

祖母の折檻は、押入れに閉じこめることだった。幼い五十里は押入れに放りこまれ、十時間以上飲まず食わずで放置された。押入れの外では、祖母がぶつぶつ、ぶつぶつと念仏のように低く呪詛《じゅそ》を唱えた。

――おまえみてぇな怠けものは、もうはぁ、いらねえ。

――もうじき人買いのモガミが来る季節だ。モガミに安く買《こ》うてもらうべ。

――おまえは船にのせられて、二度とお父さん、お母さんに会えねえんだ。

押入れの中で五十里はすすり泣いた。もうしません、と襖《ふすま》にすがった。

襖には心張り棒がかまされて、いくら揺すっても開かなかった。開かないとわかっていても、すがって懇願した。

もうしません。二度と怠けたりしません。だから、ぼくを人買いに売ったりしないで、お願い——。

父母が帰ってくる前に、決まって五十里は押入れから出された。

彼は押入れの折檻について、けして母に密告しなかった。そんな真似をすれば、祖母の当たりがきつくなるだけとわかっていた。

ただし彼は、しばしば夜中に悲鳴をあげて飛び起きた。股間《こかん》がなまぬるく濡《ぬ》れることもしょっちゅうだった。

母は幼い五十里を心療内科に診せた。医師は「子供にありがちな夜驚症だ」とだけ言い、ごく弱い睡眠剤を処方した。

医師にも、五十里は折檻について洩《も》らさなかった。夢のこともだ。

人買いに売られ、何百人もの子供と数珠《じゅず》つなぎに縛られて、ひたすらに歩く夢だった。あたりは荒野で、どこまで歩いても果てがなかった。二度と帰れないという絶望の中で少年は泣き叫び、己の悲鳴で真夜中に飛び起きた。

——ついにあの夢が、現実になった。

五十里はいま、狭い暗い部屋で、女たちとひとつだった。数珠つなぎに縛られているも同様であった。

甘言で騙され、売られてきた子ども。病に倒れるまで帰してもらえず、働きづめに働かされる奴隷のような暮らし。

女たちの白い顔が闇に瞬き、浮かんでは消えた。その中に、宗近もいた。そして五十里自身もいた。

瞬きながら、記憶は生前のハツヱに戻る。

――噂はたくさん聞いた。でもどれがほんとうかわからない。

――病死ではなかったとも、舎監を殺して自死したとも聞いた。

誰だろう、誰かの声がする。知らない声なのに、どこか懐かしく耳に響く。

責め苦の末、ハツヱはついに病に臥せった。

高い熱が出て、いやな咳《せき》が止まらなかった。

肺を病んでいるのはあきらかだった。しかし黙って寝かせてもらえるはずもなかった。体じゅうの傷が膿《う》み、腫れあがってただれた。膿汁《のうじゅう》が着物と布団を汚した。汚いと言われ、また叩かれた。

ハツヱをいびった舎監は、四十代とおぼしき女だった。もとは彼女も工員の一人だったという。検番たちに媚《こ》び、工場に残って成り上がったのだ。

そうだ――、と五十里は思う。彼には舎監の女の気持ちがわかる。そうだ、そうするしかないじゃないか。上に可愛がられて、自分は生きのびる道を選ぶ。そのほうがずっと利口じゃないか――。

そう思うのに、ハツヱの記憶と感情に呑《の》みこまれていく。

塗りつぶされ、押し流される。

臥《ふ》せったハツヱは、珊瑚を飲みこんだ。双子の姉、八重と分けあった珊瑚珠であった。ハツヱが死ねば、舎監の女がきっと懐に入れるだろう。それだけは許せなかった。

ある朝、ハツヱは起きあがれなくなった。

舎監の女はそんなハツヱを嘲笑《あざわら》い、「仮病だ。検番たちを呼んで、引きずってでも作業場へ連れていく」と、ハツヱの髪を鷲摑《わしづか》みにした。

ハツヱの下腹が、怒りで燃えた。

珊瑚を飲みこんだ胃から、せりあがるような憤怒《ふんぬ》だった。

ハツヱは舎監の目に指を突っこみ、えぐった。鮮血がほとばしった。舎監が悲鳴をあげてのけぞる。

あらわになった舎監の喉笛《のどぶえ》に、ハツヱは嚙《か》みついた。舎監は激しく抵抗した。だがハツヱは死力をふるって、脂肪ののった白い喉から肉をごっそり嚙みちぎった。そうして直後に、己も大量の血を吐いて息絶えた。

ハツヱの遺体は火葬にされた。だがなぜか赤珊瑚は焼け残った。

誰一人として、珊瑚をかすめとろうとする者はなかった。みな、ハツヱの祟《たた》りを恐れたのだ。検番たちすら震えあがらせるほどに、ハツヱの死にざまはむごたらしく、凄《すさ》まじかった。

赤珊瑚は遺骨とともに、郷里へ送りかえされた。

珊瑚珠はふたたび、赤白一対となった。——宗近が恋人を引きとめようと、荷物から片割れを抜くまでは。

〝赤〟は女たちの血を吸い、骨とともに焼かれて変容していた。完全にこの世のものではなく、なかば彼岸のものとなった。鎮められるのは〝白〟だけだった。

〝赤〟に宿った女たちは〝白〟から引き離され、眠りから覚めた。目覚めてすぐ、血を求めた。彼女たちを養うに足るあたたかい血と、それらをつくりだす体を。

宗近はうってつけだった。女たちをはねつけられないほど衰弱していた。奇《く》しくも過酷な労働で倒れた女たちそのままに、彼自身が消耗しきっていた。

女たちは宗近の血を肥やしにして、探した。

なにを探しているかは、女たち自身よくわかっていなかった。ただ、飢《かつ》えていた。

もはや女たちに明確な意識はなかった。ハツェを中心として生前の記憶が溶けあい、どろどろのイドの塊と化していた。記憶には憎悪と怨嗟《えんさ》と、長い苦悶《くもん》が染みついていた。

〝赤〟に染みた血がもたらす記憶であった。

――帰りたい。

それだけが望みだった。

どこへ？　思いだせない。だが〝赤〟は帰りたかった。そのためだけに意識を保った。保つために、生きた体を必要とした。

帰りたい。なにかが足りない。わたしたちは、欠けている。でもそれがどこなのか、なんなのかがわからない。

五十里は、己の意識が消えていくのを感じた。

薄れていく。女たちに溶けていく。自分がなくなって、自我が褪《あ》せて、手足が思うままにならない。指一本動かせない。意識だけでなく、体も急速に衰えていく。当然だ。宗近ほどではないにしろ、五十里の体も疲れきっていた。女たちにたやすく入りこまれるほどに困憊《こんぱい》していた。

弱いものがさらに弱いものを食らう。皮肉なものだ。人の世はいつだって、その繰りかえしだ。

社員の藤田が五十里にそうしたように。五十里が宗近にしたように。舎監や検番が、ハツヱたちにしたように。

——そしていままさに、おれが食われようとしている。

五十里は口の中に、血を感じた。

金くさい味だ。喀血《かっけつ》したのかもしれなかった。

ああ、この体も駄目か。誰かがつぶやく。これも同じか、長くは持ちそうにないか。落胆と困惑が、五十里の脳内を塗りつぶす。

でも居心地は悪くない。誰かの声が言う。身の内から湧く声だ。息絶えるまで使ってやろう——。誰かが、そう言って笑う。

彼の意識が途絶えようとした瞬間。

五十里は、ひやりと冷気を感じた。

寒い。風が吹きこんでいる。どこからだ、といぶかった。だが首は持ちあがらなかった。かろうじて動く眼球で、風の流れを追った。

掃き出し窓が割れていた。

ガラスが散乱している。その向こうに、車輪止めのブロック片を持った男が立っていた。ベランダの柵《さく》を乗りこえたらしい。肩で息をしている。顔が真っ青だ。

「すみません！」

男は叫んだ。

「窓ガラス、あとで弁償します。うちの部長が、きっと払ってくれます」

見覚えがある、と五十里は思った。

この男をおれは知っている。でも、意識が混濁して、厚い膜を隔てたようで、とても思いだせそうにない。

「灘！」

肩越しに男は振りかえり、

「な――何人いる？」

と背後の誰かに尋ねた。

「この部屋の中に、何人見える？　おれには、何百人もの女の人が視える。怖いくらいの人数だ。ほんとうは何人いるんだ？」

「一人です！」若い女の声がした。

「男の人が、一人しかいません。先輩から見て、十一時の方向です」

五十里の脳裏に、唐突に〝八神〟という名が浮かんだ。

ああそうだ、こいつは八神だ。同じアパートに住んでいる後輩。親しくはないが、すれ違ったら挨拶《あいさつ》する程度の――。

八神の眼球が動き、五十里をとらえた。視ている。五十里は悟った。

こいつは〝赤〟を視ている。おれを素通りして、吸い寄せられるように一瞬で認識した。釘付《くぎづ》けになっている。

〝赤〟も同じだった。八神を視つめかえしている。八神をとらえると同時に、とらえられている。

肌を刺すような静寂が流れた。

「八神くん！」

違う誰かの声がした。

今度は玄関からだ。拳《こぶし》で戸を叩《たた》いている。ドアノブががちゃがちゃと揺すられる。

「岳ちゃん！」

羽瑠の声だった。

「こっちです！　ベランダ側にまわってください！」

八神が叫び、知らない男の声が応《こた》える。

「八神くん、いま藍くんが林田さんを迎えに走ってる。往復で十分とかからないそうだ。いま泉水ちゃんがそっちに――」

「こりゃあ、派手に割ったな」

巨体の男がのっそりと入ってきた。

割れたガラスを踏み分け、半目で室内を見まわす。

「八神にしちゃ、思いきったことをしたもんだ」

「む、夢中でした」

応える八神から目線をはずし、男は背後の女を振りかえった。

羽瑠だ。ガラスを踏まぬよう彼女に手を貸してやり、五十里の前へと押しだす。

「た、……岳ちゃん」

羽瑠の声は震えていた。

泣いているのかと思ったが、違った。羽瑠の顔も声も、おびえに濡《ぬ》れていた。

「岳ちゃん、駄目。連れていかれないで――、お願い」

連れていかれる？　誰に？　五十里は思う。

だが答えはすぐに出た。頭の中で、祖母が念仏さながらに唱えている。

――おまえは船に乗せられて、二度とお父さん、お母さんに会えねえんだ。

――遠げぇとこに売られて、死ぬまで働かされる。親の死に目にも会えん。血反吐《ちへど》を吐くまで、いや吐いても、二度とうちにゃあ帰れねぇ。

羽瑠が胸を手で押さえて言う。

「岳ちゃん、うちのお祖母《ばあ》ちゃんが言ってたよ。『モガミだって、最初から人買いだったわけじゃない。かつては売られた側の子供だった。ひとの人生は地続きだ。貧しい被害者が育って、貧しさから抜けだせないがゆえに加害者になる。いちばん怖いのはそれさ。泣いてモガミに売られた子が、いつか子供を泣かす側にまわる。それがいちばん恐ろしいことなのさ』って」

五十里は呆然《ぼうぜん》としていた。巨軀《きょく》の男が彼を抱え起こす。起こされながら、彼は羽瑠を見つめた。羽瑠が言いつのる。

「わからないの？　岳ちゃんが宗近くんにやろうとしてたことと、同じだよ。お願い、いまならまだ戻れる。戻ってきて。いまそれができなかったら——岳ちゃんは、おしまいだよ」

ざわり、と五十里の全身が粟立《あわだ》った。

彼はまだ女たちと居た。だがそれが急に恐ろしく感じられた。

なかば以上溶けて、同化しつつあった意識だった。羽瑠の言葉で、はじめて心が激しく波立った。

いやだ、と思った。

いやだ、おれはモガミにはなりたくない。

売られたほうがましだ。だってわかっている。もし売る側にまわったなら、二度ともとの自分には戻れない。

売られた子は、奴隷に落ちても無垢《むく》を失わない。けれど一度でも、売ったなら――。恐慌は女たちにも伝わった。五十里の恐怖は女たちの恐怖であり、彼の恐慌は女たちの恐慌だった。女たちもまた、人身売買同然にかどわかされた身だった。

助けて。五十里は叫んだ。

叫んだつもりだった。しかしその声は、彼の声ではなかった。かぼそい女の声だった。

女は叫んだ。助けて。

――助けて、八重さん。


森司はブロック片を置いた。

駐車場の車輪止めに使われている、コンクリートのブロック片だ。こんなもので自分がガラスを割ったとは驚きだ。しかも先輩の部屋の、掃き出し窓を。

「こりゃあ、派手に割ったな」

背後から、のっそりと泉水が入ってくる。靴底の厚いワークブーツで、ガラスの破片をものともせず室内へ踏み入る。

「八神にしちゃ、思いきったことをしたもんだ」

泉水の目が〝赤〟をとらえ、五十里をとらえる。つられて森司も五十里を見た。思わず手の甲で、口を覆った。

五十里の顔面は、絶え間ない隆起を繰りかえしていた。皮膚の表面に、一秒ごとに違う女の目鼻がぼこっ、ぼこっと浮かんでは消えた。

泉水が室谷羽瑠を前へ押しだす。なぜなのか、森司には理解できた。なかばは羽瑠に、五十里の心へ訴えかけてほしいからだ。いま五十里を説得できるのは彼女しかいない。

しかし残りのなかばは、時間かせぎだった。

――五十里さんを説得しただけじゃ、事態はおさまらないんだ。だって。

「泉水ちゃん、藍くんが着いた！」

部長の声がした。

森司は駐車場を振りかえった。シルヴァーのアウトランダー。割れた掃き出し窓に事態を悟ったのか、藍と萌菜が車を出てまっすぐ走ってくる。

萌菜は絶叫した。

「――ハツヱさん！」

萌菜の声ではなかった。

もっと老練した、しわがれた女性の声音だった。

白い光が森司の目を射た。

反射的にまぶたをきつく伏せ、両腕で顔を覆った。網膜が焼けそうなほどの灼光《しゃっこう》だった。

しかし心は閉じられなかった。心はまぶたのように下ろすことも、耳のように塞《ふさ》ぐこともできない。真横で同じく、泉水が唸《うな》るのが聞こえた。森司は逆らわず、光を受け入れてその場にうずくまった。

光とともに〝赤〟が流れこんでくる。いや、雪崩《なだ》れこんでくる。

女性の思念だった。何十人もの女と溶けあい、崩れている。

だが中心にいるのは彼女だった。そしてさらなる芯《しん》には、血赤珊瑚《ちあかさんご》が光っていた。

——八重さん。

女があえぎ、叫ぶのが聞こえた。

ああよかった。そこにいたのね。

わたし、痛かったの。たくさんたくさん、苦しくて痛いことをされたの。わたし、八重さんと離れるべきじゃなかった。あなたと家族にお金を送って、いい暮らしをさせてあげたかった。だけどやっぱり、離れたのは間違いだった。

——わたしたち、離れてはいけなかった。

ああ八重さん、抱いてちょうだい。もう二度と痛くないように、しっかり抱いて。もう離れないと言って。お母さん。お母さんはどこ。わたし、やっと帰ったの。これからはずっと、お母さんと八重さんのそばにいさせて。離れないと誓って。ああもう、二度と、二度と——。

五十里が呻《うめ》き、咳《せ》きこんだ。

その口から、血赤珊瑚が吐きだされた。

森司は頭痛に耐えながら、それを視た。同じく痛みに襲われている泉水が、部長に向かって床を指ししめす。

部長は駆け寄り、ハンカチで赤珊瑚を拾った。

そっと、赤珊瑚を萌菜に渡す。

萌菜が掲げていた掌の白珊瑚に、血赤珊瑚は磁石のように吸いついた。

同時に、森司の頭痛がかき消えた。

彼はその場に両手を突いた。手で支えねば、倒れてしまいそうだった。泉水が大きく息を吐き、壁にもたれるのが視界の端に見えた。

クリアになった聴覚が、表の喧騒《けんそう》をとらえる。複数の声だ。

「――すみません。なんでもないんです。ちょっと酔っぱらって。ごめんなさい――」

藍の声だった。

森司は首をのろのろと動かした。

部屋のまわりに集まってきた野次馬を、藍がさばいている。そうか、ガラスを割って大騒ぎしたんだもんな、と納得した。

いったいなにごとかと、人が見にきて当然だ。それはそうと、大きな怪我人が出なくてよかった――。

「宗近くんは、病院に搬送されたそうだよ」

泉水の横にかがみこみながら、部長が言った。

「塾に向かわせた鈴木くんから、連絡があった。かなり衰弱してはいるが、命に別状はないそうだ。とはいえ過労の塾講師が救急車で運びだされたんだから、向こうこそ大騒ぎかもね。下手したら、社員の藤田さんとやらの責任問題になるかも」

と肩をすくめる。

「日本で過労死問題が取り沙汰《ざた》されるようになったのは、一九八〇年代だそうだ。二〇〇二年には〝karōshi〟なる言葉がオックスフォード英語辞典に載った。日本の労働過多は、国際労働機関《ILO》に『重要な社会問題』と認定されて久しい。しかしいまだ、勤労事情が大きく是正されたとは言えない。

人員が削減されても総労働量は減らず、企業はいつでも雇い止めできる派遣社員を重宝し、社内ハラスメント防止の教育はお飾り程度だ。そのしわ寄せを〝若い弱者〟である学生に押しつけて恥じない社会なんて、健全にはほど遠いよね。女工哀史の時代からなんら成長していない、とまでは思いたくないけど、どうだろう。現役学生のぼくらにとって、未来の就活は大問題だからなあ」

野次馬たちが一人、二人と散っていく。

割れたガラス越しに、月も星もない夜空が広がっていた。

エピローグ

森司は心安らかに、学食の食券販売機に並んでいた。

卒論プランの発表日がようやく決まったからだ。教授や職員たちが学生と面談をつづけるうち、うち二人の職場がブラックバイトであると判明した。彼らが退職したことで、やっと日程の折り合いがついたのだという。

——なんにせよ、まるくおさまってよかった。

時刻は午前十一時。食堂が混雑のピークを迎えるにはまだ間がある。半分がた埋まった席は、早めのランチをとる学生と、コーヒーやお茶を片手にくつろぐ学生とが四対六といったところだ。

森司はランチ組の予定だった。今朝は寝坊して、朝食どころか水一杯飲めなかったのだ。とても正午まで胃が持ちそうにない。さて日替わり定食にするか、やはり定番のカレーか——と悩んでいると、後ろから肩を捕まれた。

反射的に振りかえる。

森司は瞠目《どうもく》した。

小山内陣がそこに立っていた。

あいかわらず、きらきらとやかましいオーラを放つ男だ。小山内のまわりだけ空気が違う。香水だろうか、なにやら甘い香りまで漂ってくる。

「な、なんだ？　こっちのキャンパスになにか用か？」

「いえ」

小山内はきっぱり言った。

「八神さんに、用です」

森司の肩を摑《つか》んだまま、断固たる口調で小山内はつづけた。

「すみませんが、静かな店へ移動させてもらいます。ここじゃあ人目がありすぎる。二人きりで、男同士の話をしましょう」

向かった先は喫茶『白亜』だった。

奥まった四人掛けのボックス席に、小山内と向かい合わせに腰を落ち着ける。

メニューを広げたが、空腹感はどこかへ吹き飛んでいた。この緊迫した雰囲気では、食事どころではない。森司はあきらめてブレンドコーヒーを頼んだ。

「大変だったみたいですね」

小山内が静かに言う。

「八神さんのアパートで、窓ガラスを割る大騒ぎがあったとか。酔っぱらいの仕業で片づいたそうですが、割ったのは八神さんらしいじゃないですか」

「誰から聞いたんだ、それ」

「瑠依くんです」

「ああ……なるほど。仲いいね、おまえら」

ブレンドコーヒーが運ばれてきた。

馥郁《ふくいく》たる香りが漂う。だがいまはコーヒーの風味を楽しむ余裕はなかった。小山内が、じっとこちらを見ている。

「鈴木から聞いたなら、オカ研がらみの騒動だったってことも知ってるだろ」

「ええ、まあ」

小山内はうなずいた。

「ガラスを割られた部屋の住人は、病院へ搬送されたそうですね」

「院生の先輩だ。さいわい二日で退院できたよ。黒沼部長が『ガラス代を弁償する』と申し出たけど、断られた。もう一人の宗近さんという人も別口で搬送されたんだが、こっちは残念ながら、憑《つ》かれていた期間が長すぎた。あとしばらくは入院しなきゃいけないらしい。回復には、半年ほどかかるだろうってさ」

「二人とも、ブラックバイトの犠牲者だったとか」

「ああ。でもバイトは辞めるそうだ。退職にあたってちょっと揉《も》めそうだが、学生課が全面協力するらしいから大丈夫だろう。最初からそうしてりゃよかったのに——なんて、外野が言うのは簡単だよな。当事者となると、なかなか冷静には考えられない」

ただ宗近がバイトを辞められなかった理由は、例のアパートのせいでもあるようだ。家賃が高かったのである。

萌菜がいなくなったのだから、安いところに越せばよかっただけ――と、これも外野が言うのはたやすい。しかし宗近とすれば、あきらめきれなかったのだろう。

いつかまた一緒に暮らせるのではという思いで、彼は高い家賃を払いつづけた。そう考えると、憎みきれなくなるから不思議だ。もちろん珊瑚珠《さんごじゅ》を盗んだことは罪だが、それはそれである。

森司は乾いた唇をコーヒーで湿して、

「……で、用ってなんだ」

おそるおそる訊《き》いた。

小山内がさらりと答える。

「じつは、灘さんに告白しました」

数秒、たっぷりと静寂があった。

森司も小山内も身動きすらしなかった。

森司の脳裏を、すさまじい勢いで言葉が駆けめぐる。コクハク。告白ってなんだっけ。罪の告白とか懺悔《ざんげ》とか、いやたぶんそういうんじゃないよな。だって小山内が灘に、だもんな。ということはあれだ。あれだよ、恋の告白ってやつだ。ぼくはきみが好きですって言ったってことだ。わあすごいな、勇気あるな、って――いやそうじゃない。感心してる場合じゃなくて、あれ、なんかいやな汗が出てきたぞ。そればかりか鼓動がばくばくと。

しかし実際に森司の口から洩《も》れたのは、

「そうか」

の一言のみだった。

ふたたびの沈黙ののち、焦《じ》れたように小山内が言う。

「そうか、じゃないでしょう。もっとなにか言ってくださいよ。彼女に手を出すなとか、あの子はおれのものだとか、彼女を幸せにするのはおれだとか」

詰めよってくる小山内に、森司はデジャヴを覚えた。

そういえばすこし前にも、霊能者の美少年にこうして顔を近づけられたっけ。

――しかしこいつ、ほんとにいい男だなあ。

森司はあらためて感服した。

両角巧も美形だったが、小山内はまた違ったタイプの美男子だ。こんなにも至近距離で熱っぽく語られたら、大半の女の子はころっと参ってしまうだろう。そしてもしかしたら、灘こよみも。

「……言えねえよ」

眉《まゆ》を下げ、森司はつぶやいた。

「灘はものじゃないし、それに──」

言葉を探す。

うまく言えそうになかった。だから、思ったままを口にした。

「灘はさ、あれだよ。……彼女はきっと、おれに『幸せにしてください』なんて言ってくるタイプじゃないんだ」

いったん唇を閉じ、さらに説明に迷う。情けないことに、語彙《ごい》が足りない。

「あの、そうじゃなくてさ、こっちに預けてくるんじゃなく、あの子は『二人で一緒に幸せになりましょう』って言うタイプの子だろ。だからおれのほうでも、そういうつもりでないと駄目なんだ。そんな男でいないと──灘を、がっかりさせちまう」

森司は頭を掻《か》いた。

「ああくそ、こんなんじゃ伝わらないよな。なんて言やいいんだ。……ええと、とにかく、だからおれはその手の台詞《せりふ》は言わないんだよ。格好よく聞こえる台詞だろうけど、言わない。だって彼女は、きっと喜ばない」

小山内はまだ、森司を見つめていた。

だがやがて、その視線がふっとはずれた。

彼は言った。

「嘘です」

「え？」

「だから、灘さんに告ったっていうの、嘘です」

森司はしばしの間、混乱した。

──嘘？　いまのが嘘？

ということは、小山内はこよみちゃんになにも言っていない？　彼女はやつの気持ちを知らないまま？　ああよかった。安心した。いやでも、なんでまたそんな嘘をおれにつく必要が？

呆気《あっけ》にとられる森司に、小山内は苦笑した。

「ふられるとわかってて、あえて玉砕するほどマゾじゃありません」

「…………」

「いまのは八神さんの反応が見たかったんです。おれに対して、なんと応《こた》えるか知りたかった。まあいいでしょう、合格だ。及第点ですよ。……今後おれは、お二人を祝福する側にまわります。末永くお幸せに」

まだ森司は啞然《あぜん》としていた。

事態がうまく摑めない。脳味噌《のうみそ》がうまくまわってくれない。

「ええと……つまり、おれを試したってことか？」

その問いを小山内は無視して、

「かなり前から、勝ち目はないと気づいてたんですよ。でも思いきるきっかけがなかった。いつか自分で機会をつくらなきゃな、と思ってたんです」

と肩をすくめた。

「だから告ったりしません。灘さんと気まずくなりたくない。友人付き合いは、これからもつづけていく予定ですしね」

「はあ……」

森司は今度こそ脱力した。肺から絞りだしたような、長い長い息が洩れる。ソファに体ごともたれかかる。

小山内がそんな彼を眺めて手を振った。

「あ、勘違いしないでくださいね。おれべつに、灘さんをあきらめたわけじゃないんで」

「えっ」

ばね仕掛けのように、森司は起きあがった。

「いやおまえ……それおかしいだろ。この話の流れで、なんで結論がそうなる」

「祝福するとは言いましたが、あきらめるとは言ってません」

しれっと小山内は答えた。

「彼氏がいようと片想い確定だろうと、好きな人を好きなままでいるのは個人の自由じゃないですか。それに灘さんだって人間です。いつか心変わりするかもしれない。なんなら明日にでも、八神さんが大事故に遭って再起不能になる可能性だって」

「不吉なことを言うな」

森司は青くなった。

「おまえ、ほんとに祝福してるのか？　あとで鈴木に確認するぞ。あいつには本心を洩らしていそうだからな。メールしておく」

「どうぞ。べつにやましいことはありません」

小山内は涼しい顔でメニューを広げた。

「あー、言うだけ言ったら腹が減ってきた。八神さんもランチにしませんか？　あ、この払いは奢《おご》りますよ。おれが無理に連れてきたんだから」

「……ありがとう」

森司は素直にうなずいてしまった。そういえば腹ぺこだった、とようやく思いだす。気がゆるんだ途端、現金にも胃がぐうと鳴った。

「おれナポリタンの大盛りにします。八神さんは？」

「じゃあおれも同じの。タバスコと粉チーズたっぷりで」

一気に座がなごやかになってきた。

小山内が「すみませーん」と片手を上げる。森司に対してはいつも愛想の悪いウェイトレスが、いそいそと早足で向かってくる。

ドアベルが鳴った。

入ってきたのは五、六人の団体客だった。話しこんでいるうち、いつの間にか正午近くになったらしい。店内の空気が変わり、人の熱と声で満たされる。

「いらっしゃいませえ」

ウエイトレスが、気のない顔に戻って振りむいた。

引用・参考文献

『奇談　日本古典文学幻想コレクションⅠ』須永朝彦編訳　国書刊行会
『怪談　日本古典文学幻想コレクションⅢ』須永朝彦編訳　国書刊行会
『妻を帽子とまちがえた男』オリヴァー・サックス　ハヤカワ・ノンフィクション文庫
『子どもの貧困　―日本の不公平を考える』阿部彩　岩波新書
『日本残酷物語1　貧しき人々のむれ』宮本常一　山本周五郎　揖西高速　山代巴編
平凡社ライブラリー
『日本残酷物語5　近代の暗黒』宮本常一　山本周五郎　揖西高速　山代巴編　平凡社
ライブラリー
『土地に刻まれた歴史』古島敏雄　岩波新書
『スイカのタネはなぜ散らばっているのか：タネたちのすごい戦略』稲垣栄洋　草思社
『砂金掘り物語』脇とよ　ダヴィッド社
『宮本常一著作集　13　民衆の文化』宮本常一　未来社
『近江絹糸「人権争議」はなぜ起きたか』朝倉克己　サンライズ出版
『あゝ野麦峠　ある製糸工女哀史』山本茂実　角川文庫

『ブラックバイトに騙されるな！』大内裕和　集英社
『ブラックバイト　学生があぶない』今野晴貴　岩波新書
『東京の下層社会』紀田順一郎　ちくま学芸文庫

本作は書き下ろしです。この作品はフィクションです。
実在の人物、団体等とは一切関係ありません。

ホーンテッド・キャンパス　夜を視《み》る、星を撒《ま》く
櫛木理宇《くしきりう》

角川ホラー文庫　21865

令和元年10月25日　初版発行

発行者———郡司 聡
発　行———株式会社KADOKAWA
〒102-8177　東京都千代田区富士見2-13-3
電話 0570-002-301（ナビダイヤル）
印刷所———旭印刷株式会社
製本所———本間製本株式会社
装幀者———田島照久

●お問い合わせ
https://www.kadokawa.co.jp/（「お問い合わせ」へお進みください）
※内容によっては、お答えできない場合があります。
※サポートは日本国内のみとさせていただきます。
※Japanese text only

ISBN978-4-04-108634-6　C0193

角川文庫発刊に際して

角　川　源　義

第二次世界大戦の敗北は、軍事力の敗北であった以上に、私たちの若い文化力の敗退であった。私たちの文化が戦争に対して如何に無力であり、単なるあだ花に過ぎなかったかを、私たちは身を以て体験し痛感した。西洋近代文化の摂取にとって、明治以後八十年の歳月は決して短かすぎたとは言えない。にもかかわらず、近代文化の伝統を確立し、自由な批判と柔軟な良識に富む文化層として自らを形成することに私たちは失敗して来た。そしてこれは、各層への文化の普及滲透を任務とする出版人の責任でもあった。

一九四五年以来、私たちは再び振出しに戻り、第一歩から踏み出すことを余儀なくされた。これは大きな不幸ではあるが、反面、これまでの混沌・未熟・歪曲の中にあった我が国の文化に秩序と確たる基礎を齎らすためには絶好の機会でもある。角川書店は、このような祖国の文化的危機にあたり、微力をも顧みず再建の礎石たるべき抱負と決意とをもって出発したが、ここに創立以来の念願を果すべく角川文庫を発刊する。これまで刊行されたあらゆる全集叢書文庫類の長所と短所とを検討し、古今東西の不朽の典籍を、良心的編集のもとに、廉価に、そして書架にふさわしい美本として、多くのひとびとに提供しようとする。しかし私たちは徒らに百科全書的な知識のジレッタントを作ることを目的とせず、あくまで祖国の文化に秩序と再建への道を示し、この文庫を角川書店の栄ある事業として、今後永久に継続発展せしめ、学芸と教養との殿堂として大成せんことを期したい。多くの読書子の愛情ある忠言と支持とによって、この希望と抱負とを完遂せしめられんことを願う。

一九四九年五月三日

ホーンテッド・キャンパス

秋の猫は緋の色

櫛木理宇

学祭間近は事件だらけ！　両片想いの行方は…？

大学祭前。キャンパス内は浮かれた空気だが、オカルト研究会には相変わらず恐怖の依頼が。「彼女の体の痣《あざ》が、人《じん》面瘡《めんそう》になってしゃべり出した」――ほか、頻発する放火現場に現れる猫と、「猫の幽霊が出る喫茶店」の噂が紡ぐ物語や、未解決の女性連続殺人事件にまつわる身の毛もよだつ怪談など、ハイクオリティな怖い話が満載！　そして森司《しんじ》とこよみのじれったい両片想いの行方は……。青春オカルトミステリ、期待しかない第15弾！

角川ホラー文庫

ISBN 978-4-04-107857-0

侵蝕

壊される家族の記録

櫛木理宇

「あの女」に囚われた少女と家族の運命は──

皆川《みながわ》美海《みうみ》は平凡な高校生だった。あの女が、現れるまでは……。幼い弟の事故死以来、沈んだ空気に満ちていた皆川家の玄関を、弟と同じ名前の少年が訪れた。行き場のない彼を、美海の母は家に入れてしまう。後日、白ずくめの衣裳に厚塗りの化粧をした異様な女が現れる。彼女は少年の母だと言い、皆川家に“寄生”し始め……。洗脳され壊れてゆく家族の姿におののく美海。恐怖の果てに彼女を待つ驚きの結末とは……。傑作ミステリ。

角川ホラー文庫

ISBN 978-4-04-104336-3